遺跡発掘師は笑わない

君の街の宝物

桑原水菜

角川文庫
20747

遺跡発掘師は笑わない

君の街の宝物

The treasure in your town

君の街の宝物

日本で遺跡の発掘調査をするなら、断然、秋だ。

……と、西原無量《さいばらむりょう》は思う。

なにせ気候がいい。

薫風香る五月の爽《さわ》やかさも捨てがたいが、性分的には、灼熱《しゃくねつ》の日々から解放されていく秋がいい。残暑がようやく収まって台風の季節も過ぎたあたりが、一番だ。

空を見上げれば、鰯雲《いわしぐも》。

風にはうっすらキンモクセイの匂いがして、屋外活動を生業《なりわい》とする身には、最高に……。

「おーい、なにちんたらやってんだ。無量。どんどん測れ。取り上げ済んだら、今日のうちにもう一枚、ひっぺがすぞ」

テントから大きな声で呼びかけてきたのは、現場監督の柳生篤志《やぎゅうあつし》だった。

光波測定器の前に立っていた無量は、悲鳴をあげた。

「まじすか！　今日中はいくらなんでもペース速すぎでしょ」

「仕方ねえだろ。もたもたしてると、本命の縄文遺構までたどり着けねえぞ」

いくら爽やかな青空の下でも、時間に追われながらの作業には変わりがない。

無量は「やれやれ」と肩で息をついた。のんびり青空を眺めている暇もない。

「……続き、お願いしまーす。測りまーす！」

鰯雲の空を、銀色の機影が横切っていく。

＊

西原無量は、亀石《かめいし》発掘派遣事務所（通称カメケン）に所属する派遣発掘員だ。カメケンに所属してから、八年目になる。弱冠二十二歳ながら、海外派遣も多く経験している「A級発掘員《ディガー》」だ。

得意としているのは古生物化石だが、ここ最近は日本の遺跡発掘への派遣が続いている。

東京の郊外にある住宅地での緊急発掘が、今度の現場だった。

この一帯は、もともと縄文時代の集落遺構があるとされている地域で、試掘を行ったところ、見事に縄文土器が出てきた。あらためて本調査を行う運びとなり、無量もこうして参加することになったのだ。

五十坪ほどの土地は、家もすでに解体され、更地になっている。作業が行われている調査区は長方形に掘り下げられていて、中に作業員数名がしゃがみこみ、各々、ジョレンや移植ゴテを手に土を削っている。

殺風景な調査区にはベルトコンベアーの音だけが響いていて、掘った土を粛々と調査坑の上へとあげていく。排土の山は、日々、少しずつ高くなっていった。

作業員の七割はパートの女性で、皆、ふちの大きな日よけ帽をかぶっている。調査区には日陰もないので、日焼け対策は必須《ひっす》なのだ。移植ゴテの柄の付け根を握り、手際よく遺物の周りの土を削っていく。皆、慣れたものだ。

いつもと変わらぬ発掘風景だ。

「まったく……。よりによってうちの下から縄文土器が出てくるとはねえ……」

土地の所有者である高宮哲夫《たかみやてつお》は、発掘風景を見てそうぼやいた。

「おかげで着工が一ヶ月も遅れてしまいますよ……。年内には新居に引っ越すつもりだったのに」

「すいませんねえ……。まことに」

地主のぼやきを聞きながら、柳生はひたすら低姿勢だ。

「しかし高宮さんがご理解のある方で本当によかった。学芸員さんも喜んでましたよ。市の教育委員会でも、発掘調査に全面協力していただけるのは本当に助かると」

「まあ、そりゃ……ね」

「いえ、本当に」

「頼まれれば嫌とは言いませんがね、調査費は市がもつとは言っても、工事中に家族で住む賃貸マンションの家賃も馬鹿になりませんしねえ。建て替えのローン返済も待っているのに」

　愚痴が絶えない。

　土地所有者に調査の進み具合を見てもらうのも仕事のうちなので、逐一説明をするのだが、高宮は「協力するのも渋々」といった具合でいちいち恩着せがましい態度をとるので、現場監督の柳生も気を遣いっぱなしだ。

「そうだと思いまして、今回の発掘には特別にうちのエース発掘員《ディガー》が参加してるんですよ。ほら、あそこで作業してる、頭にタオル巻いた白Tシャツの」

　と無量を指さす。ジョレンがけをしている。

「あれが？　バイトの学生さんじゃないの？」

「見てくれはああですが、凄腕《すごうで》です。海外遺跡の発掘が多いんですがね、今、たまたま日本に来ていまして。いやあ、高宮さんは本当に運がいい」

「……へえ、海外で。そんなすごい人がうちを掘ってくれてるの」

「ここはアンコール遺跡並みってことです。……あ、遺物みますか。素晴らしい古伊万《こいま》里《り》のかけらなんかが出てますよ」

　柳生がさんざん持ち上げるので、高宮も気分をよくしたのだろう。こうやって地権者の「理解」を得るのもテクニックのうちなのだ。

　テントの下では取り上げたばかりの遺物の洗浄が行われている。陶器のかけらがコンテナに行儀良く並んでいた。

「これはなかなか高価な古伊万里ですね。割れてしまってるのが惜しいが、さぞ趣味のいいひとが住んでおられたんでしょうなあ……」

柳生がおべっかまじりに説明しているところに、無量がやってきた。

「作業終わりました。あがっていいすか」

「おう。ああ、紹介しなきゃな。こちらが地権者の高宮さんだ」

無量はにこりともしない。無愛想に軽く頭を下げただけだった。

高宮は先ほどとはうってかわって、目を輝かせた。

「いま柳生さんから聞いたところだよ。出雲《いずも》でこの間、青銅の髑髏《どくろ》を発見したというの、あれ君だったって。新聞にも載ってたよなあ。すごいじゃないか」

と興奮気味に言う。

「うちの下にも、すごいのが埋まってるといいなあ。掘り当ててくれよ。ははは」

「そっすね。まあ、埋まってたら」

「銅より金の髑髏がいいなあ。ははは」

「つか、ほんとの頭蓋骨《ずがいこつ》なら、たまに出たりもしますよ」

高宮があからさまにギョッとしたので、横から柳生が笑い飛ばした。

「たまに昔、墓地だったりするとこがあるんですよ。大量に出ますよ。人骨が」

「ちょっとちょっと。うちは大丈夫かね」

「ご心配なく。いまのとこ、墓はないですね。まあ、もっと掘り下げてみて縄文時代の人骨でも出たら、それはそれで大発見ですけどね」

豪快に笑う。高宮は戦々恐々としている。無量は無愛想に、

「……じゃ、お先に。お疲れっす」

と、あっさり帰っていく。片付けも手際がいいので、あがりが早い。

柳生は呆《あき》れ気味だ。もう少し、愛想があればいいのだが。

「あんなんですけど、腕はいいんで……。まあ、また見に来てください。自分ちの下に埋まってるものなんて、滅多《めった》に目にする機会はないですからね」

発掘現場の作業員たちも、帰り支度を始めている。

作業が終わると、調査区はブルーシートで覆われる。敷地は工事用のフェンスで囲われているので、この時間になると、目隠しの隙間から、下校途中の小学生が興味津々、覗《のぞ》き込んでいく。

「ねえねえ、なんかお宝出たあ？」

「小判とか宝石とかないの？」

無量が出てくると、さっそく質問攻めだ。

「ここから出てるのは、お茶碗《ちゃわん》とお皿。お宝だろ」

「小判は？　小判ないの？」

「小判はない。出ても自分のものにはできない」

「え、じゃあ宝石は？　宝石ーっ」

小学生相手にそんなやりとりをしていると、後ろからシルバーの乗用車がやってきて、運転席から柳生が顔を覗かせた。

「駅まで行くなら乗っけてってやるぞ」

＊

自宅から現場に通えるのは、ありがたい。

亀石建設の発掘部門が請け負う現場は、主に都内とその周辺だ。

調査するのが大規模開発地や学校などの公共施設ともなると、人数も多く、期間もそれなりに長くなるが、一般住宅だとせいぜい数週間で済む。

これが京都のようないわゆる「遺跡銀座《ぎんざ》」だと、時代ごとにたくさんの遺物が何層にもわたってミルフィーユ状に出てくるので、同じ広さの調査でも何倍も時間と費用がかかるものだが、東京周辺ではそこまでにはならない。試掘を行っても、本調査が必要になる案件は、ごく一握りだ。

なので、市町村単位では調査員を置かず、多くは発掘会社に所属する調査員に依頼することになる。

柳生もそのひとりだった。

「ところで、無量おまえ、埋蔵文化財調査士補の検定試験は受けないのか」

運転をしながら、柳生が言った。助手席の無量は「俺っすか」と言い、

「……考えてないっす。だって、大卒以上でしょ。俺、高卒っすから」

「大卒でなくても八年の現場経験があれば、とれる。おまえも、十五から現場にいるし、八年なんてもうすぐじゃないか。俺みたいに調査士の資格をもってりゃ、調査員派遣でも稼げるようになるぞ」

柳生はカメケンの元エース発掘員《ディガー》で、無量の大先輩だ。所長の亀石弘毅《ひろき》とは親友である。大学で考古学を専攻し、卒業とともにこの業界で働き始めた。無量同様、海外発掘の経験も豊富だ。今は亀石建設の社員として、発掘部門の現場監督を務めている。

「試験勉強、苦手なんすよ……」

「だからって、いつまでも作業員のままじゃ生活安定しないだろ。依頼主からの指名がとれると言っても、立場的にはアルバイトとそう変わらないんだから」

たしなめるように言う柳生に、無量は肩をすくめた。

「俺は掘ってるだけでいいんすけど……」

「調査士の資格をとれば、自分で遺跡発掘の指揮を執れるようになる。いつまでも人の下で掘ってるよりは、自分の思い通りにできたほうが、なんぼもいいぞ。おまえだって、ほんとは人から指図なんかされないで、好きなように掘りたいだろ」

「まあ……それができるんなら」

「だったら、資格をとれ。人の上に立つのは悪いことばかりじゃない。自分の裁量が通

るようになれば、今まで以上にのびのび掘れるぞ」

ハンドルを握りながら、柳生は軽く「掘るジェスチャー」をしてみせた。

無量は「あー……」と遠い目をして、

「そっすよね……。でも人使うなんて、とてもじゃないすけど俺の柄じゃ」

「なに。そんなんは要は経験だ。長く業界にいりゃ、いやでも上に立たされる」

「けど報告書とか書かされるんでしょ。めんどいっす」

「ったく。少しはやる気出せよ。若いくせに」

そんな会話をしているうちに、駅についた。無量はロータリーで降ろされた。

「今日もまた亀石サンと飲むんすか？　車で？」

「ばか。帰りはちゃんと代行頼むよ」

「いい年なんだから、飲みすぎないでくださいよ」

「いい年は余計だ。じゃあな。お疲れ」

柳生の車は滑るようにロータリーから走り去っていった。

駅は学校や会社帰りの乗降客で賑《にぎ》わっている。宝物発掘師《トレジャー・ディガー》は人混みに紛れるように、駅への階段を上がり始めた。

＊

「やだ西原くん！　こんな時間にどうしたの？」

残業中だった永倉萌絵《ながくらもえ》は、事務所にふらりと現れた無量を見て、驚いた。古いマンションの一室にある小さな事務所は、相変わらず雑然としている。

萌絵は亀石発掘派遣事務所の所員だ。派遣業務に携わりながら、今は発掘コーディネーターを目指している。無量の担当マネージャー（自称）でもあった。萌絵はちょうど帰り支度をしていたところだ。無量は縄文土器のレプリカが並ぶ室内を見回し、

「あれ？　忍《しのぶ》は？」

同じくカメケン所員の相良《さがら》忍のことだ。元文化庁職員で、無量の兄がわりでもある。早生まれの萌絵とは一学年下の同い年だが、発掘コーディネーター試験に向けて競い合っているライバル同士だ。

「相良さんなら新しい派遣さんの面接に行ってる。遅くなるからそのまま直帰するって」

「まじか。せっかく一緒に飯食って帰ろって思ってたのに」

とホワイトボードを確認している。萌絵は呆れて、恨めしそうに無量を見た。

「あの相良さんと同居してる上に外食まで一緒なんて……。本当に仲いいんだから」

「これでも気ぃ遣ってんの。忍だって忙しいし、毎晩メシ作らせるわけにいかないでしょ」

「新婚さんみたいなこと言わないでよ、もう。それより今の現場はどうなんですか。

ちゃんと報告してくれなきゃ困ります」

派遣発掘員の管理は萌絵の仕事だ。登録者は現場に入ると、週に一度、簡単なレポートを提出することになっている。無量は〆切破《しめきり》りの常連だ。

「書くのめんどい。口頭じゃだめ？」

「私に口述筆記しろっていうの？　甘ったれんな」

「じゃ忍のかわりにメシつきあってよ。報告するから」

「そうやって私におごらせる気なんでしょ」

「ばれた？」

ちゃっかりしている。普段は素っ気なく無愛想で横柄な「カメケンきってのエース発掘員《ディガー》」は、ひょんなところで末っ子気質《かたぎ》を出してくるので困ったものだ。

「しょうがないな。ファミレスでいい？」

「やった。焼肉定食、食っていい？」

「割り勘です」


駅前のファミリーレストランは、平日とあって、若者たちでほどよく賑わっている。

その窓際の席で、無量と萌絵は夕食をとった。

無量の右手は、相変わらず革の手袋に包まれている。

ひどい火傷《やけど》の痕《あと》を隠すための手袋だ。

傷痕が、嗤《わら》っている鬼の顔、のように見えるところから「鬼の手」などとあだ名されている特別な右手だ。

本人の話によれば、遺物が地中に埋まっていると、傷痕が疼《うず》いて知らせるのだという。そう言うとオカルトめいているのだが、元々、無量は幼い頃から化石発掘で鍛えた発掘勘を持っている。それに反応した脳が多少の混線を起こして、右手の疼き、という形で知らせてくるのではないか……とは、相良忍の見立てだ。

無量自身、他人からみれば得体の知れない感覚だというのは重々承知しているし、本人も気味悪く思っているのか、そんな自分を嫌悪しているきらいがある。

食事中も、箸《はし》を持つのは左手だ。利き手は右だが、怪我をしてから左利きに矯正した。

萌絵はテーブルを挟んで向かい合いながら、ごはんをかきこむ無量を眺めている。

幼い頃、右手を祖父に焼かれたせいで、心に傷と屈折を抱えた無量だが、こうやって無心に腹を満たしていく姿は素直そのものだ。萌絵は彼の食べっぷりを眺めているのが好きだった。

「ごはん、おかわりください」

「よく食べるね」

「肉体労働は腹が減るの」

もりもりという表現が、ぴったりくる。

このどちらかといえば小柄で細い体のどこに、こんなに食べ物が入っていくのか。

萌絵はいつも不思議に思っている。

「それで？　今度の現場は何が出てきそう？」

「何って、まあ、ふつーに土器でしょ？　縄文の」

「縄文土器は〝ふつー〟とは言えません」

「出るとしたら住居跡でしょ。あとは奈良だか平安時代だかのやつ。隣町に国府《こくふ》があって、近くに延喜式《えんぎしき》の神社もあるみたいだから、その出先機関みたいなのが出るかもって、十兵衛《じゅうべえ》さんが」

十兵衛とは、柳生のあだ名だ。

「今んとこ、それくらいかなあ……」

「右手は騒いでないの？」

「いや、特に。気候もいいし。てか右手カンケーないし」

口元に米粒をつけている。子供のようだ。

そんな無量が何かを思い出した。

「……そういや、あそこ。ちょっと気になるんだよな」

「なに？　何か出ちゃう？　金印金印？」

「こだわるね」

「そりゃ発掘者なら一度は出したいじゃない。金印」

「別に出したいとか思わない」

「どう気になるの？」

　萌絵がパスタを口に運びながら問いかけると、無量は少し考え込んだ。

「……どうっていうか。軽い攪乱《かくらん》（土を掘り返した痕跡《こんせき》）があったんだけど、その中になんか埋まってそうな感じが」

「最近の？」

「いや、ちょっと前。火事でもあったのか、表土のすぐ下に焼土層があって、そのあたりの頃に掘られたものらしい。攪乱の立ち上がり具合からすると、百年は経ってないってとこなんだけど」

「やだ、ちょっと。また事件がらみ？」

「大丈夫。死体とか埋まってる大きさじゃないから」

　明日《あした》ちょっと掘ってみる、と無量は言い、千切りキャベツを口に押し込んだ。

　萌絵はそんな無量の右手を眺めている。

「……震災からこっち、多いみたいね。耐震のための建て替えが」

「あー……。そんで試掘が増えてんのか」

「耐震基準が変わる前の、昭和の建物なんかは、特にね。お父さん世代がリタイアしはじめてるから、退職金でリフォームとか建て替えってパターンが多いかな。……あ、そうそう。思い出した。次の派遣依頼の件なんだけど」

　と、デザートもそこそこに打ち合わせが始まる。このところは忍が文化財修復関係の案件で忙しいためか、無量のマネジメントはほぼ萌絵が受け持っていた。

忍と同居している無量なので、公私とも一緒では距離が近すぎると、忍のほうが遠慮しているようでもある（でも、そんなことでライバルに勝った気にはなれない萌絵だ）。

無量も今は、ふらり、と仕事の行き帰りに事務所へと立ち寄れる。

だが一度、大きな派遣依頼が入れば、いつまた海外に出てしまうかわからない。そうなったら、萌絵はこんなふうに無量と一緒に近所で夕食をとることもできなくなる。

今のうちにたくさん会っておきたい、できればもっと距離を縮めたい、と思う萌絵だが、無量の胸の内はどうなのか。

それればかりは全く見えない。

土の中に隠された遺物のように。萌絵が何より発掘してみたいのは、無量の心なのだが……。

＊

翌日のこと。

無量はさっそく柳生の許可をとり、先日から気になっていた「攪乱」を含む範囲に手をつけた。

関東独特の赤みを帯びた土を掘り下げる。

発掘は、地域によって使う道具も微妙に違う。地域ごとの地質に合った道具を選んでいるためだ。

関東ローム層のような柔らかい土の現場では、ジョレンではきついこともある。また土がよくしまっている関西では、より鋭利な「ガリ」という道具で土を削り、ジョレンは土を集めるためにのみ用いる。はたまた、大阪あたりはかつて海や湖だったので、ほぼ泥土だ。そこではスコップの半分ほどを切断して、土をめくるようにして使ったりもする。

無量は地質に合わせた道具を自分で選んで持ち込むので、家の中も、発掘に使える自前の道具でいっぱいだ。台所用具などの日用品から何から、目に付いたものは何でも試し、道具研究に余念が無い。自分の手に合う道具を探すことが、結果的に作業効率を良くするからだ。

攪乱による土は、基本的にしまりが弱い。色も違う。無量は移植ゴテを左右に何度も動かし、地表を刷《は》くように軽やかに土を削っていく。

無量の手が、止まった。

移植ゴテの先が、何か、固いものに当たったのだ。

その一瞬の感触で、材質がわかる。

「……ガラス」

無量は細かく土をよけていく。

土の中から顔を出したのは、薄い緑色をした、高さ十センチほどの小さなガラス瓶だ。長方形の容器は分厚くて、口が丸い。ガラス製の蓋《ふた》がついていて、中身をしっかり密閉してある。正面の浮き彫りはひらがなで「たけくら」と読めるようだ。

柳生を呼んで確かめてみた。

「おう。こりゃ昭和初期の薬瓶だな」

「薬？　ですか」

「ああ。家庭用の薬瓶だ。しかし、いやに深いとこから出たな」

柳生は腰をかがめて土層を見た。

「こりゃ誰かが意図して埋めたやつじゃないか？」

「そっすね。見てください。なんか、中に入ってますよ」

土の汚れと分厚いガラス越しでよくは見えないが、明らかに液体ではない、固形物が入っている。

無量は顔を近づけて、覗《のぞ》き込んだ。

「手紙……？」

昭和のガラス瓶は比較的新しいものだが、出土遺物にはちがいない。明らかに「捨てた」とわかる現代製品の遺物はそのまま廃棄物として処理することもあるが、念のため、記録をとって測量を終えた後、取り上げることになった。

＊

発掘現場から出土した遺物は、洗浄後、整理作業に回される。

亀石建設発掘部の作業所へと持ち帰り、そこでの整理作業が始まる。

「あら、西原くん。こっちに顔を出すなんて珍しいわね」

作業所で待ち受けていたのは、遺物整理担当の遠山直美《とおやまなおみ》だ。四十代半ばで、この道二十年のプロだ。丸いメガネにふわりとしたショートヘアが柔らかい印象だが、仕事には厳しい。発掘専門だった無量に、整理作業のイロハを教えたのも、彼女だった。

無量は渋々といった様子だ。

「雨で外作業が中止になったんで、こっち手伝いに来ました」

「あら、助かるわ。世界をまたにかける宝物発掘師《トレジャー・ディガー》さん直々に」

「やめてくださいよ。そーゆーの」

「じゃあ、注記作業お願いしていいかな」

「ちゅーき！」

出土した遺物にひとつひとつ、番号を書き込んでいく作業だ。土器や陶器の破片に、小さな小さな文字で、出土情報を含んだアルファベットと数字とでナンバリングしていく。

無量が一番不得意とする作業だった。

「洗浄じゃ、だめっすか……」

「だめ。注記のパートさんがお休みなの。ちゃんと判読できるように丁寧に書いてね。ぐちゃぐちゃって書かないのよ」

「あーあ……。ドカ掘りなら何時間でもできんのになあ……」

と、肩を落としながら席につこうとして、直美の机にあった遺物に視線がいった。

「あれ？　それこないだ出したガラス瓶」

「あら。西原くんが出したの？　これ」

「はい」

「昭和初期の目薬瓶ね。竹倉《たけくら》製薬というところの」

「目薬瓶？　昔の目薬って、こんなでかかったんすか」

「そうよ。竹倉製薬の薬瓶は他でも出てるけど、このタイプは初めてね。それにしても、とびぬけてビッグサイズだな。昭和十年代に販売していたものだわ。空襲で工場がなくなる前まで、製造してた瓶ね。……みて。しかもこれ、内容物があるのよ。今から、取りだすんだけど」

白手袋をはめた直美が、慎重に蓋をはずし、ピンセットで瓶の中身を取りだした。蓋で密閉してあったため、長年地中に埋まっていても、無事だったようだ。

「紙……っすよね」

多少、劣化はしているので、そっとピンセットの先で折り目を広げてみた。

「なんすか、これ……」

〝洋へ
咲子へ〟

それだけ書かれたメモ用紙ほどの紙片だ。

さらにその奥から、いくつかの、ガラスの固まりが出てきた。

「あら。かわいい」

丸くて平べったい青色ガラスが、三個。

「おはじきね」

と、直美が顔をほころばせた。材質と形からすると昭和初期のものとみられる、和ガラスでできた子供用玩具《がんぐ》だ。

アンティーク好きな直美は、古いガラス製品を骨董屋《こっとうや》で集めたりもしているので、ますます目を細めた。

「蓋をしたガラス瓶に手紙とおはじき、か。まるで海に流した手紙みたい。ちょっとロマンチックじゃない？」

「海に流したもんが、なんでこんなとこにあるんすか。貝塚すか」

ロマンがないわねえ、と直美は呆《あき》れてみせた。

「つまり、誰かがこの目薬瓶におはじきを詰めた。〝洋〟さんと〝咲子〟さんにあてて詰め込んだってことかしら」

「それを土に埋めた？　捨てた？」

「穴が掘ってあったんでしょ。隠したんじゃないかしら」

「なんのために？」

「ほら、動物だって大事なものは埋めて隠すものじゃない。子供が自分の大切なお宝を庭に埋めて隠して、そのまま忘れちゃった……とかじゃないかしら？」

「なら、この宛名は？　どうみても大人の字っすよ」

「そうね。大人が埋めたってこと？」

「このおはじきが何かのやばいメッセージとか」

「なんの？」

「スパイの暗号……とか？」

「テレビの見過ぎ」

蛍光灯の下に並べた青いおはじきは、曇っていてガラス製品特有の透明さは見られないが、成形しきれていない個々の歪《ゆが》みがどこか素朴で、ぬくもりを感じさせる。

「太平洋の洋か。〝よう〟さんかな、〝ひろし〟さんかな」

「それと〝咲子〟さん……か。地権者さんのお身内っすかね」

「年代からすると、ご本人の小さい頃。か、そのお父さん世代かしらね」

「でも地権者さんの名前じゃありませんね。兄妹《きょうだい》か何かかな」

妙に心をひっかくものがある。

腰をかがめて覗き込んでいた無量は、そっと身を起こした。

「ちょっと訊《き》いてみますかね」

＊

手紙ともメモともつかぬ紙片とおはじきが詰め込まれた「謎の目薬瓶」。

それを無量が掘り出してから、数日後のことだった。

発掘現場に再び様子を見に来た地権者の高宮を、無量は珍しく自分から呼び止めた。

「〝洋〟と〝咲子〟？……いや？　そんな名前の者はうちの家にはいないよ」

あれ？　と無量は思った。てっきり高宮家の誰かのことだと思っていたからだ。

「いないんすか。じゃあ、誰なんだろ」

「なにか出たのかい」

「いや、それが……」

無量は目薬瓶とおはじきの件を打ち明けた。高宮は首をひねった。

「……心当たりがないなあ。〝洋〟と〝咲子〟なんて名は従兄弟《いとこ》にもいないし」

「親父さん世代は」

「いや。親父も叔父《おじ》も叔母《おば》も、こんな名前じゃないよ」

「そうすか……」

「そんなのが埋まってたのかい？　なんか気持ち悪いなあ」

発掘坑の中でうずくまって作業しているパート女性たちの色とりどりの日よけ帽を見ながら、高宮はしきりに首をかしげた。

「それ、どのへんから出たの？」

「西グリッドの端っこあたりですね。テントの手前の」

「とすると、庭先か……。梅の木があったあたりかな。弟が埋めたのかなあ？」

ベルトコンベアーの先のネコ山（排土を積んだもの）あたりを見ている。高宮家の庭先には何本かの植木があったといい、まだ切り株が残っている。聞けば、この家を建てたのは高宮の父だという。

「ちなみにお父さんはご健在っすか？」

「ああ、だいぶ高齢だがね。今は老人ホームにいるんだ」

無量は少し考えて、頭を覆っていたタオルをとった。

「あの、ちょっと会ってみたいんすけど、その老人ホームって、どこすか」

「地図によると、このあたりだと思うんだけど……」

＊

次の土曜日。無量は忍を誘って、高宮の父親がいるという老人ホームを訪れた。

駅からバスに揺られ、スマホの地図を頼りに歩き出したふたりだ。忍は電柱の住所を確認して、辺りを見回した。

「悪いな、忍。休みなのに付き合わせて」

「いや。散歩の延長だと思えば、なんてこともないよ」

忍は、長袖《ながそで》Tシャツに薄手のジャケットを羽織った休日スタイルだ。カメケンでは特に勤務時の服装は決められていないので、普段もこれくらいのラフな格好で問題ないのだが、忍は元文化庁職員だけあって、ほぼスーツをまとっている。忍曰《いわ》く、スーツでないと出勤した気分になれないのだという。

「それに、こういう足を使った調べ事は楽しいしね」

根っからの探偵気質《かたぎ》なのだ。

交差点を渡り、いくつかブロックを越えたところに新しい煉瓦《れんが》色《いろ》の建物がある。小洒《こじゃ》落《れ》た玄関は、ホテルのようだ。

事前に高宮が連絡してくれていたおかげで、面会許可はすぐにおりた。高宮も初めはやけに熱心な無量をいぶかしんでいたが、柳生の言った「国際的に活躍する発掘師」なる肩書きが効いたのだろう。これも発掘師の仕事、と解釈して、便宜を図ってくれたらしい。

ソファが置かれた吹き抜けのロビーに、職員に伴われて、車イスに乗った高宮の父親が現れた。

「高宮さんですね。はじめまして。亀石発掘派遣事務所の相良といいます」

初対面相手に、忍は応対も心得ている。

「先日、高宮家から出土した遺物の件で、お話を伺いたいのですが……」

高宮の父親は、車イスには乗っているが、高齢ながら矍鑠《かくしゃく》としていた。説明下手な無量のかわりに、忍が経緯を説明すると、理解をするのも早かった。

「ほほう……。我が家の土地の下に遺跡があるというわけですかな」

「はい。おそらく縄文の住居跡が出てくると」

「それは面白い。それで、どんなものが出てきたのかな」

忍がスマホの画像を見せながら、中に入っていた紙片とおはじきのことを話した。

だが、高宮の父親にも心当たりはなかったようだ。

「梅の木の近くか……。あの梅は、一度、焼けて倒れたようでね。たぶん空襲だと思うんだけど」

「空襲があったんですか？　こんな郊外で？」

「近くに陸軍の飛行場と工場があったんだ」

そういえば、と無量は思い出した。表土近くに黒い焼土層があった。

「……しかし植物の命ってのは、たくましいんだなあ。切り株から、また伸びてきて、花がきれいだったから、そのまま大事に育てたんだ」

と、父親は懐かしそうに自宅の梅を語りながら、ふと気づいたように言った。

「……もしかしたら、前の地主さんのものじゃないか」

「前の、ですか」

「ああ。あそこは私が若い頃に買った土地だ。元々は遠縁の親戚《しんせき》が住んでいてね。そのうちのひとなら何か知っているかもしれないが……うちとは縁も切れてるし、もうとっくに亡くなっているだろうからなあ」

忍は無量と顔を見合わせた。

「じゃあ、連絡はとってはいないと……」

「もう何十年経つかねえ」

忘れてしまうくらい昔のことだ。若い頃というのも、昭和三十年代だという。

どうやら、ここでも手がかりは摑《つか》めそうにない。

ふたりは丁寧に礼を言って、老人ホームを後にした。

バス停への道を後戻りしながら、忍は「うーん」と考え込んだ。

「あとは法務局に行って、登記簿を見せてもらうしかないかな。確か、権利移転した時の売主に関する情報も、そこなら載ってるはずだから。……あ、でも今日は休日か」

「いいよ。忍。そこまでムリして調べなくても」

いや、と忍はきっぱり言い切った。

「遺物の出所を調べるのは、考古学の第一歩じゃないか。それにあの紙とおはじきの暗号も解かなきゃ」

「暗号……って」

「きっと深い謎が隠されてるんだよ。あのおはじきには」

「大袈裟《おおげさ》すぎでしょ。だって、ゆーてもおはじきだぞ？」

「いや。きっとある。何かある。もしかしたら、この薬瓶にトリックが隠されてて、高宮家にまつわる恐ろしい秘密が隠されているのかも」

うんうん、と忍は芝居っ気たっぷりに、昔の名探偵みたいなポーズをとって勝手に「事件」にしてしまっている。遊びのつもりなのか、真面目なのか、無量にもわからず、呆《あき》れてしまった。まあ、このところ無量の派遣先では、大きな事件が立て続けに起きていたこともあって、忍の言動もいちいち探偵くさくなっている。

「てか、さ。薬瓶がいつ頃の、どこの製薬会社のかがわかってるんだから、報告書にはそれで十分でしょ。なんで埋まっていたのかは、別に。あとは調査員さんに任せても」

「無量。おまえは、あの紙片の名前は何者なのか、知りたくないのか？」

「そりゃ知りたいけど……」

「おはじきにどんな意味があるのか、知りたくないのか？」

「知りたいって」

「なら、乗りかかった船だ。徹底的に調べようじゃないか」

忍はやる気満々だ。目が生き生きしている。謎は謎のままにしておけない性分なのだろう。

「月曜日にでも法務局に行ってみるよ。ネットでも閲覧できたかな。いや、古いものだからデータ化はしてないかな……」

ぶつぶつ言っている。まったく、と無量は呆れた。

「仕事はどうすんの」

「これも仕事だよ。立派な。なに、調べるのはお手の物さ」

「物好きだね」

と言いながら、無量も内心は知りたくてたまらないのだ。あの小さな「お宝」の意味を。素っ気なく振る舞っていても、好奇心が疼《うず》いている。忍と一緒にいると尚更《なおさら》だ。子供の頃から無量が掘りだした化石を調べるのは、忍の役目だった。自分の出番とばかりに図鑑を広げる忍の横で、まだ字もろくに読めなかった無量は目を輝かせていたものだ。あの頃の童心が甦《よみがえ》ってくるようだ。

そうか、と無量は思った。

掘り当てた時のワクワクとは、少しちがうが、そのお宝の正体を探るワクワクも、無量を発掘へと駆り立ててきたのだ。

ただ無量の仕事では、発掘をしてしまえば、それで終了してしまう。

遺物の正体までは、探ることはない。

その点、忍は、好奇心に忠実だ。

文化庁に入らなければ、研究者にでもなっていたのではないだろうか。

「どうした？」

「あ……うん。なんでも」

「ちょっと本屋に寄ってこう。古いガラス製品の本を探したい。無量は他にどっか寄りたいとこ、ある？」

「ホームセンター」

「なにか買う物でも」

「発掘道具になりそうなもん探す」

無量の休日の過ごし方は、大体、ホームセンターを見て回ることだった。

忍は苦笑いして「仕事熱心だな」と答えた。

「……ちょうど料理用の計量カップが欲しかったところだ。つきあうよ」

抜けるような秋の青空が、街路樹の上に広がっている。

無量と忍は、バスに乗り込んでいった。

＊

週明けとなり、忍が法務局に行こうとしていた矢先のこと、高宮の父親から連絡が来た。

前の地権者の連絡先がわかったという。

どうやらあの後、気に留めてくれて、あれこれと動いてくれたらしい。土の中から出てきた古い薬瓶と可愛いおはじきと謎の宛名が、高齢の高宮父も気になったと見える。

高宮家の遠縁にあたるその一家は、今、鎌倉《かまくら》に住んでいるという。

目薬瓶のほうも整理作業が一通り済んだので、貸し出してもらえることになった。

無量と忍は、次の週末、実物を持参して、前の地権者の家を訪れてみることにした。


鎌倉の閑静な住宅街に、その家はあった。

江ノ電《えのでん》の駅をおり、切り通しをくぐって、細い坂をあがっていく。ふと振り返ると、寺のお堂の甍《いらか》が美しい曲線を描いて陽光に輝いており、その向こうには海が望めた。さらに竹林の道を進んでいくと、目的の家はあった。

表札には「江藤賢」という文字がある。

無量と忍は、「ここだ」とうなずきあった。

鎌倉らしい、どこか瀟洒《しょうしゃ》な建て構えの和洋折衷の邸宅は、よく手入れされた生け垣の奥に佇《たたず》んでいる。呼び鈴を押すと、家人が迎え出た。

「お待ちしておりました」

江藤賢《えとうまさる》は、七十代の白髪男性だ。豊かな腹がベルトの上にのっている。メガネの奥の瞳《ひとみ》は温和そうで、ガーデニングというよりは盆栽でもいじっているのが似合いそうだ。この家で妻とふたり、リタイア後の生活を楽しんでいるといった風情だった。

「静かで良いところですね。こちらは」

社交的な忍は、穏やかな物腰だ。鎌倉の感想をかねながら、ちょっとした世間話でそつなく打ち解けるあたりは、無量には真似ができない。

「ええ、でも最近、休日になると、江ノ電が混んで混んで大変なんですよ」

朗らかな充子《みつこ》夫人が、紅茶をポットから注ぎながら、苦笑いした。

「観光客ですか」

「ええ、とても増えて。うちなんか、車もないでしょ？　大変なんです。だから休日は家で静かにしてますよ」

「おいおい。それじゃ俺がまるでどこにも連れていってないみたいじゃないか」

「ほほ。あなたにはレンの散歩があるでしょ」

レンというのは、飼っている柴犬《しばけん》の名前だった。見ると、庭からガラスサッシにへばりついて、しきりに尻尾《しっぽ》を振っている。

「よしよし。終わったら散歩に連れていってやるからな」

そんなやりとりに無量が和んでいると、隣で忍が切り出した。

「今日伺ったのは、こちらの遺物を見ていただくためです。おおまかな経緯《いきさつ》は電話でお話しした通りなのですが」

座卓に、例の発掘現場から出土した「ガラス瓶」を出した。

「あら。かわいい。レトロ雑貨みたい」

と目を細めたのは、充子夫人だった。昭和初期の目薬瓶だと説明すると、夫婦そろって、ますます珍しそうに身を乗り出してきた。

「この中に入っていたのが、こちらになります」

別容器に保管していた紙片とおはじきを、差し出した。

「〝洋へ〟〝咲子へ〟……」

「はい。この遺物の所有者は、どうやら、ここに書かれたふたりの人物にあてて、このガラス瓶を埋めたものと思われるのですが、何か、こちらの名前に心あたりはありませんか」

すると、江藤は充子夫人と顔を見合わせた。

そして、二、三度軽くうなずいた。

「この名前は、たぶん、私のことだと思います」

「え？　江藤さんですか。しかし下の名前が」

「はい。私は賢です。でもこの瓶は、出征した父が埋めたもので間違いないかと」

父？　と忍が聞き返した。

「はい。私の父です」

と言って、江藤は鴨居にかけてある写真を見上げた。視線を追って、無量と忍も見上げた。古い写真に写っているのは、江藤と面差しがよく似た軍服姿の若者だった。

「私の母が、生前、話してくれました。戦争中の話です。その時、母はすでに身重だったそうなのですが、父はその子が生まれる前に、戦地へ行ってしまいました。その父が出征の前夜、生まれてくる子供のために、庭へ何かを埋めていたそうなんです」

「子供のため……、ですか」

「私のことです」

江藤は微笑んだ。

「出征の朝、父は家を出る前に〝生まれてくる子が五歳になったら梅の木のもとを掘らせるように〟と母へ言い残したそうです」

無量は忍と顔を見合わせた。

確かに、この薬瓶は梅の切り株のそばから出てきた。

「子供が五歳の誕生日を迎えたら、伝えよ、と。〝庭で宝探しをしてごらん〟と」

「……宝探し」

あっ、と無量が声を発した。

やはり、と思ったのだ。

「それで掘ったんですか？……でも攪乱《かくらん》は一ヶ所しか……」

実は、と江藤は首を振った。

「私が生まれた直後に空襲が激しくなってきて、母は実家に疎開してしまったんです。結局、家は空襲で焼けてしまいました。その後は、もう帰ることはなく……とうとう」

疎開先である母方の実家にそのまま住むことになり、土地は遠縁の者に売ったという。以後、父が埋めた「宝物」も掘り返す機会がないまま、梅の木とともに残してきてしまった。

「この薬瓶とはちがいましたが、終戦後も同じ製薬会社の目薬を母がずっと使っていたので、まちがいないかと……」

「それで、お父様は」

「戦地で亡くなりました」

江藤は、年老いた母の遺影の隣にある、古い写真を見やった。軍服姿の父親は、まだ二十代の若者だった。

「激戦地だったそうです。父も覚悟はできていたんでしょう。これは形見のつもりだったんじゃないかなと」

「息子さんへの形見ですか」

「はい。もしくは、プレゼント。生まれてくる子供が無事に育って五歳になったら〝お祝い〃ができるように、と」

まだ見ぬ子への、誕生日プレゼントだったのだ。

父にとっては初めての子供だった。だが、とうとう我が子の顔も見ずに、戦地に赴き、二度と帰ることはできなかった。

「母も晩年まで、父の伝言のことを忘れていたようなのですが、亡くなる数日前に、ふとそのことを思い出して、私に伝えてきました……。気にはなったものの、今は人様のおうちですから、とうに諦《あきら》めていたのですが」

奇跡が起きた、と江藤夫妻は感動しきりだった。

「ひとつ疑問が。この紙片に書かれている名前が別人なのは、どういう……」

忍は怪訝《けげん》そうに言った。

「それに〃咲子〃さんは、どちらに」

「それも……私につけるつもりだった名前でしょう」

「え?」

「まだ男か女かわからなかったから、父は男女両方の名を考えていたんでしょうね。男なら〃洋〃、女なら〃咲子〃と」

しかし、江藤の下の名は〃洋〃ではない。

忍はそこに記された端正な字を見て、言った。

「そうか。結局、この名はつけられなかったんですね」

「はい。私の名は、亡くなった父――賢治《けんじ》から一文字とって、つけられたそうです。母は父の死を悲しんで、父が用意した名前よりも、死んだ父を忘れないようにと〝賢〟の字を使ったのだと言ってました」

江藤は紙片を手にとって、初めて目にした父親の直筆を感慨深そうに見つめた。

「……そうですか。〝洋〟……これが私の名前になるはずだった」

写真でしか顔を知らぬ父親だ。その声も聞くことはできなかった。江藤は不意に胸がいっぱいになったのか、天井をあおいで溢《あふ》れてくる涙を止めようとしている。

「太平洋の〝洋〟……。父は、海が大好きだったそうです。生まれが大磯《おおいそ》だったので」

毎日、海を見て育った父は、子にもその名をつけようとしたのだろう。

成形しきれていない古ガラス瓶には、今のガラス製品にはないぬくもりが感じられる。手びねり土器の素朴さのようなものがある。

中に入っていたおはじきは、心ばかりのプレゼントだったのか。

それとも父なりの、遊び心だったのか。

まだ見ぬ子への。

「そうか……。父が埋めた宝物というのは、これのことだったんだなあ」

江藤はガラス瓶を手に取った。

「本当はこの手で掘り出すはずだったのに。ごめんな。父さん」

忘れられて、土の中にいた宝物に詫《わ》びるように、江藤は切なそうにまなじりをたわめた。

宝探しは、父が残した「遊び」だったのだ。きっと。この世では一度も一緒に遊ぶことはないだろう父と子の。

まだ見ぬ子と「宝探しをして遊ぶ」ために……。

それを父との思い出としてもらうために。

「わざわざ埋めて隠したんだろうか」

妻の充子は温かい眼差《まなざ》しで見守っている。

「いいえ、あなた。きっとお父様は、五歳になったあなたと、一緒に掘り返すつもりで埋めたのよ」

「一緒に」

「そう、生きて一緒に。遺《のこ》していく息子のため、だなんて、思っていなかったんじゃないかしら」

同感です、と忍が言った。

「お父さんは江藤さんと、このお宝を一緒に掘り出すために、生きて帰ってこよう、と心に誓っていたのではないでしょうか」

「生きて一緒に」

「帰ってきたら、そのおはじきで、一緒に遊ぶんだと思って……。その約束のために」

江藤は驚いた顔をした。

「約束か」

自分の息子に会うために。

必ず、と。

江藤は、父親も手にしたおはじきを、ひとつひとつ、掌《てのひら》に載せた。もみじのような小さな手に載るはずだった青いガラスのおはじきは、しわの刻まれた大きな手にすっかり収まってしまった。

「そう……。そうだったんだろうなあ……。誓ったんだろうなあ、きっと」

若くして死んだ父親の、何倍も長く生きた息子の目には、うっすらと涙が光っていた。

「最後まで生きて帰ってこようとしていたんだろうなあ……。私の顔をみるために」

戦地での、父の最期の有様は、江藤も知るよしもなかったろうが、その心によぎったものは想像に難くなかったのだろう。

涙が止まらなくなった。

遥《はる》か七十年近く前の、その瞬間、父がなにを思ったのか。

異国の戦場で、最期まで心にありつづけたのは、きっと妻と子のことだったろう。

自らも人の親になった江藤には、そんな父親の気持ちが痛いほどわかったにちがいない。

「おれも会いたかったよ……父さん……」

色褪《いろあ》せた遺影が、鴨居からこちらを見下ろしている。その凛々《りり》しい目がこころなしかいた。


微笑んでいるように、無量には見えた。

「……よかったっすね」

無量自身も、いまやっと本当に掘り出したかったものを掘り当てたような気がしていた。

土の中に眠り続けていたメッセージを、本人に手渡せたことに、満足していた。

寄せられた想いに触れた途端、物はただの物ではなくなる。それはかつて生きていた人の心の一部となるのだ。


江藤は気持ちがようやく落ち着いたのだろう。大切そうに目薬瓶へとおはじきを戻して、無量たちに問いかけた。


「この瓶の所有者は、やはり今の地主さんになるんでしょうか……」

「あー……」

無量と忍は、あらためて顔を見合わせた。

「発掘で出た遺物は、一応、拾得物という扱いになるんです……」

「拾得物、ですか」

「はい。出土遺物は警察に届けることになってまして」

「そうなんですか」

「まあ、形式だけなんで警察もわかってるんですけど、半年経つと正式に所有権が移るので、もろもろが済んだら、確か調査主体である市の所有になるんじゃなかったかなと

「……」

「じゃあ、これも出土品だから、市のものになってしまうんですか」

　忍は頭をかいた。

「……まあ、建前上はそういうことになるんですけど、捨てられた使用済みの瓶なんかは、届けそびれたところで罪に問われるようなものでもありませんから」

「では……」

「今の地主さんは『元の持ち主が見つかったら、その方に差し上げてくれ』と快く言ってくださってますし、なにより」

　と言い、忍は脱脂綿を詰めた箱に形良く収まっている目薬瓶に視線を落とした。

「埋めた本人の意向にそってあげることが、一番でしょうから」

　鴨居の上の遺影を見上げる。まるで天国から微笑みかけられているようだ。

「そうだわ。ねえ、あなた……。孫の名前」

　と、充子夫人が声をかける。江藤は我にかえり、「ああ」と目を輝かせて手を打った。

「そうだな。せっかくだから、そうしようか」

　なんのことです？　と無量が問うと、夫妻は顔をほころばせ、

「実は、来月、息子夫婦に子供が生まれるんですよ」

「それはおめでとうございます」

「しかも、それが男女の双子で」

「へえ！」

「初孫なので、名前は私たち夫婦に考えて欲しい、と息子夫婦が言ってくれているの。せっかくだから〝洋〟と〝咲子〟にしましょうよ。あなた」

それはいい！　と忍と無量も手放しで賛成した。

「きっとお父さんも喜びますよ！　ひ孫の名前につけてもらえたら、最高じゃないですか！」

「そうね。そうしましょ。あなた」

「そうだな。このタイミングで出てきたのも、きっと天国にいる親父からのはからいだ。よし、そうしよう。孫の名前は〝洋〟と〝咲子〟だ」

喜ぶ江藤夫妻を見て、無量と忍も、安堵《あんど》したように笑った。

午後の陽差しが窓から差し込む。

秋の穏やかな陽光に、古ガラスの目薬瓶は柔らかく輝いていた。

＊

江藤家の墓は、海が見下ろせる高台の寺にあった。本堂の屋根の、なだらかに傾斜する甍《いらか》にカモメがとまっている。

江藤夫妻とともに賢治の遺骨が眠る墓を訪れ、出土した目薬瓶を供えて、手を合わせた。線香の煙が漂い、鳥たちの鳴き声が高く響いた。墓には江藤の両親が眠っている。七十年ぶりに無事「宝物」を見つけ出せた旨を、墓前に報告した。

　別れ際に、江藤が言った。

「私の代わりに掘り当ててくれて本当にありがとう。感謝しているよ」

「ま、掘って出すのが仕事っすから」

　無量は照れ隠しのように素っ気なく言って、右手の革手袋を軽く直した。

「それじゃあ、こちらで」

　江藤夫妻と別れ、無量と忍は江ノ電の駅へと向から坂を歩き始めた。

「せっかくだから、海でも見てこうか。無量」

「おー」

　夕暮れの湘南《しょうなん》海岸は、穏やかな波が打ち寄せている。

　波打ち際で遊ぶ子供や、犬の散歩に来ている夫婦、遠くにはサーファーの姿も見えたが、秋の浜辺は静かなものだ。

「いい休日だったな……」

　と、忍が言った。隣にいる無量も海風に黒髪をなびかせながら、満足げだった。

「さすが宝物発掘師《トレジャー・ディガー》。面目躍如だったじゃないか」

「まあな。……薬瓶にトリックがなかったのは拍子抜けだったけど」

　無量は革手袋をはめた右手を、夕日にかざしてみせた。忍は苦笑いだ。

「……柳生さんが言ってたぞ。おまえを試掘に参加させると、当たりが良すぎて、本調査の案件が増える一方だって」

「たまたまだろ」

「そうでもない。試掘なんかは特に、どこにトレンチを入れるか、掘る場所は調査員の裁量次第だろ。トレンチの設定が十センチでもずれてたら、どんな凄《すご》い遺構が埋もれてたとしても、それまでだしな。今回の発掘だって、おまえの指摘がなかったら、本調査は入らなかったって……」

　そうなっていたら、あの瓶も見つからず、下手をすればそのまま排土と一緒に、どこかへもっていかれていたかもしれない。

　無量の手柄のようなものだが。

「……あの『お宝』に呼ばれたんだよ。きっと」

　他人事《ひとごと》のように言う。手放しに褒められるのはこそばゆいのだ。

「遺物の声か……」

「うん」

　ふと無量は足下を見た。砂浜にコーラの瓶が埋もれていた。近くには漂流物とみられる材木もある。これもどこからか流れ着いたものだろうか。

　無量は犬のように砂をかきわけ、瓶を取り上げた。中身を覗《のぞ》き込んだ。

「……ざんねん」

空っぽの瓶をつまんで、西日にかざした。

「手紙とお宝が入ってるかと思ったけど」

「その手のロマンチックなものは苦手なくせに」

忍も海風に吹かれながら、沖合をいくヨットを眺めた。

「七十年越しの宝探しか……」

梅の木のそばで、仲良く並んで「宝物」を掘り返している親子の姿が目に浮かぶ。

互いの胸に、自分の父親の面影が浮かんだとき、一際大きな波が打ち寄せてきて、ふたりの足下を濡《ぬ》らした。

「あぶねっ。濡れたー」

無量は子供のようにはしゃいでいる。忍もそれを見てひとしきり笑った。

「あーあ。仕方ない。歩きながら、乾かそうか」

「せっかく来たし、サザエ喰《く》わね？　つぼやき喰いたくなった」

「そうだな。永倉さんにも何かおみやげ買って帰ろう」

「タコせんべいでいいって。タコせんで」

夕暮れの浜辺にはふたりの長い影が伸びている。秋の海は日が落ちるのも早い。

砂浜で拾ったコーラ瓶をふりながら、ふたりは肩を並べて海岸沿いの道を歩き始めた。

フタバスズキリュウに会う日

もういいかい？

まあだだよ。

もういいかい？


幼い頃、雨の日の遊びは、決まって、家の中でのかくれんぼだった。

西原《さいばら》家の大きな家は、かくれんぼをするのにはぴったりで、忍《しのぶ》が遊びにくるたび、無《む》量《りょう》はかくれんぼをしようともちかけた。

忍は三つ上の幼なじみだ。二年ほど前、同じ町内にある新築の建て売り住宅に引っ越してきた。忍の父親・悦史《えつし》は歴史愛好家で、無量の祖父が地元で開いた遺跡発掘会に参加したことがきっかけで懇意になり、家が近かったこともあって子供同士も仲良くなって、以後、頻繁に往《い》き来するようになった。

「もういいかい？」

忍が「オニ」になると、無量はとっておきの場所に隠れる。

西原家は立派な建て構えで部屋がいくつもある。一階が祖父母の生活スペースで、二階が無量親子の住居だ。無量は普段から隠れ場所になりそうなところを探索し、目星をつけているから、隠れるのはお手の物だ。

今日は脱衣所にある扉の奥に隠れた。階段下のスペースがちょっとした物置になっていて、家族は皆、そこに洗濯物を入れるルールとなっている。洗濯かごに潜り込みシーツをかぶって、息を潜めた。

「もぉーいいよー」

まだ五歳になったばかりの小さな体は、狭い空間にも簡単に潜り込めてしまうのだ。忍が近づいてくるのをドキドキしながら待つのが、格別だった。

探しに来た忍が物置の扉を開ける。ドキドキは最高潮だ。心臓の音で見つかるんじゃないかと心配するほどだ。忍は見つけられない。扉が閉まると、無量は「やった」と心の中でガッツポーズを決めた。

でも忍は、ほどなく戻ってきて、二度目には必ず見つけ出してしまう。

「降参」

と言ったことが一度もないのだ。

「なんでわかったの？」

と無量が問うと、忍はニッと笑ってこう言った。

「シーツがくしゃくしゃじゃなかったから」

洗濯かごに詰め込んだ状態と、何かの上に被《かぶ》さっている状態との違いを、見抜いてしまったのだ。無量は素直に感心する。自分がオニになっても二回に一度は「降参」してしまうのに。

「しのぶちゃんはすごいなあ……」

「ははは。無量だって大きくなったら見つけられるようになるよ。……あ、雨が上がったよ。庭でキャッチボールしよう」

「えー、またぁ？」

「大丈夫。練習すればうまくなるよ。ほら早く」

「待ってよ、しのぶちゃーん」

快活な忍は、小さな無量にとってはあこがれの存在だ。兄弟のいない無量にとって、本当の兄のような存在だった。引っ込み思案な無量と違って、忍は友達も多いし、近所ではちょっとしたガキ大将で、いつもつるんでいる子供グループの真ん中にいる。リトルリーグではエースで四番打者だ。

忍には真由《まゆ》という妹がいる。まだ二歳でよちよち歩きだから、遊び盛りの無量には物足りない。忍は小学三年生。男同士だから遠慮も要らない。

「しのぶちゃんは夏休み、どっかいくの？」

「ああ、家族で与那国島《よなぐにじま》にあるおばあちゃんちに」

「よなぐにじま……って遠い？」

「飛行機に乗っていくんだよ。無量は飛行機乗ったことある？」

「ない」

「雲が目の下にあるんだ。珊瑚礁《さんごしょう》がくっきり見えて海が透明で、メロンソーダみたいな色してる」

「メロンソーダ？　おいしそう」

「ははは。無量はどこかいくの？」

「わかんない。お父さん忙しいから、つれてってもらえないかも」

「なら、海水浴いく？」

「かいすいよく？」

「いわきの海水浴場にいこうよ。真由もつれて。うちの母さんも一緒だって言えば、おばさんも許してくれるんじゃないかなあ。いっぱいおにぎりもって」

「ほんと？　やったー！」

　無量の父親は東京の大学で助教授を務めている。平日は東京に住んでいて、週末だけ家に帰ってくる。大学も夏休みのはずだからずっと家にいるかと思いきや、学会やら会合やらで忙しく、ろくに休みもとれない有様だ。

　そこへ縁側のサッシが開いてエプロン姿の小柄な女性が顔を出した。無量の母・裕子《ゆうこ》だ。エプロンで手を拭《ふ》きながら、こちらに声をかけてきた。

「あら、ふたりともお外にいたのね。シュークリーム食べる？」

「たべるー」

「なら、ちゃあんと手を洗ってきてね。……あ、忍くん。無量がずるしないか、そばで見てあげてね。この子ったら面倒くさがって指先しか洗わないの」

「はーい、おれ見張ってます」

「忍お兄ちゃんは頼もしいわね。今日はうちでごはん食べていく日だからね。あとで真由ちゃん保育園に迎えにいくから」

「はーい」

無量の母親からも信頼が厚い。忍にとって西原家は気の置けない場所だ。相良《さがら》家は両親がフルタイムの共働きで、ともに残業で遅くなる時などは、兄妹《きようだい》揃って西原家で夕食を食べたりもする。そんな日は食卓が賑《にぎ》やかになるので、無量は嬉《うれ》しくて仕方がない。しかも好物のカレーライスになる確率も高くなるので、楽しみが倍増だ。

仲良く洗面所に走っていくふたりを、裕子は苦笑いして見送った。

「引っ込み思案で人見知りのあの子が、忍くんにだけはよくなついてるのよね」

「お兄ちゃんができたのが、よっぽど嬉しかったのね……」

台所から出てきたのは、無量の祖母・信子《のぶこ》だった。

「忍くんはやんちゃだけど賢いし、お兄ちゃん気質《かたぎ》だから、弟をしつけるのもお手の物ね」

「そうなの、母さん。忍くんと遊ぶようになってから、無量も活発になってきたし」

近所に住む子供にいじめられているところを、忍に助けられたのは一度や二度ではない。この界隈《かいわい》では一目置かれた忍が、唯一可愛がっている「舎弟」。そんな扱いを受け始めてからは、無量に手を出す者もぐんと減った。

知らない人の前では、いつも忍の後ろに隠れている無量だが。

「この調子で幼稚園のお友達も増えるといいのだけど」

母と祖母の心配をよそに、無量は忍にべったりだ。

子犬のようについてまわる無量に、ふたりは呆《あき》れながら苦笑いを浮かべた。


とはいうものの、忍も無量にばかり構ってはいられない。

リトルリーグの低学年の部では、エースで四番打者を務めているから、休日は練習や試合で忙しい。応援に行くことはあるが、無量自身はさほど野球に興味があるわけではない。週末の忍は、終日、チームの同級生と行動を共にするので、無量はひとりぼっちだ。

休日に車で買い物に連れ出してくれるのは、もっぱら祖父だった。

週末だけ帰ってくる父親は、休みの日でも資料整理のためといって部屋に閉じこもってしまい、なかなか遊び相手になってもらえない。忍の父親・悦史はよその子供にもわけへだてなく優しいが、無量の父親・幸允《ゆきのぶ》はいつも仏頂面で、あまりかまってくれず、普段からとっつきにくかった。ちょっと怖いところもあった。

「無量も小学校にあがったら、野球やろうよ」

忍はそう勧めて、英才教育のつもりで、無量にキャッチボールを教えているが、いまひとつ、そのおもしろさが伝わらない。野球とはそんなに楽しいものだろうか。無量にははかりかねる。

投打に大活躍する忍は、マウンドにいてもバッターボックスにいても、きらきら輝いている。キャプテンとしてリーダーシップをとる姿は低学年とも思えない。高学年のチームと試合して勝つこともあった。

そんな忍をバックネット裏で眺める無量は、野球に忍をとられたみたいで、週末のたびにモヤモヤしてしまう。

「やっぱり野球やんなきゃダメなのかなあ……」

だが、そんな無量にも「運命の出会い」が訪れる。

それは幼稚園の遠足でのことだった。

＊

無量たちの住む町は郊外にある。市街地の先には田園風景が広がり、近所には採石場の跡もある。今はもう操業していない採石場はちょっとしたグラウンドのようで子供たちの遊び場にもなっていた。古い地層がよく残っていることで知られており、化石が露頭しているところがあって、化石マニアにも有名な採取地だ。

近所には化石の専門家が住んでいて、無量の通う幼稚園では、秋の芋掘りとともに化石発掘が年中行事となっていた。

「これが貝の化石です。足下をよーく見て。こんなふうな貝の形をした塊が見つかったら、その周りをこうやって掘り出します」

幼稚園児たちは地面にしゃがみこみ、夢中で貝の化石探しを始める。赤茶けた土をよく見ると、そここに貝の化石があるので、子供でも簡単に見つかるのがよかった。

「貝あったー」

「こっちもー」

わいわいと賑やかな園児たちから少し離れたところに、無量はいた。

無量はなぜか、バケツに入っている道具に興味を示した。

「どうしたの？　無量君。探さないの？」

「これ、おじいちゃんが持ってるのとちがう」

「おじいちゃん？　ああ、遺跡を発掘するおじいちゃんね」

無量は祖父の遺跡発掘現場を訪れたことがある。祖父の瑛一朗《えいいちろう》は高名な考古学者で大学教授だが、現場が好きで、自ら発掘現場に足を運んでは作業員に混ざって汗水を流している。幼い無量を発掘現場に招いて、出土したばかりのフレッシュな遺物を見せてくれたりもしていた。

「どきも出てくる？」

「うーん。土器は出てこないかもなあ」

「せっきは？」

「出たら凄《すご》いけど、一億年前の地層だからねえ」

「いちおくねんって、いちまんねんより前？」

「一万年の一万倍だ。人間が現れるより、ずーっと前のものなんだよ」

無量はびっくりしてしまった。祖父が研究しているのは「一万年前」だと聞いていたからだ。一万年は「世界一古い」と思っていた無量には、それの一万倍など想像がつかない。

一方で、先生のほうも感心しきりだった。土器と石器が口をついて出てくるのは、いかにも考古学者の孫らしい。

「そんな昔のなのに、なんで掘らなくても出てくるの？」

無量はどうやら地層のことも理解しているらしい。土の浅いところを掘れば新しいものが出て、深ければ深いほど古いものが出てくることも知っている。祖父の現場を見て学んだ。

「ここは昔、山があったんだ。山ひとつ、削ったんだよ」

「へえ」

遺跡発掘と化石発掘の道具の違いに戸惑いつつも、手に取ると、祖父がそうしていたように道具を使い始めた。それからしばらく経った頃だった。

「先生。大きなかたつむりがいる」

は？　と大人たちは怪訝《けげん》な顔をした。あたりは草木も生えていない、粘土層が剝《む》き出しの造成地だ。無量の言葉に先生たちは「あはは」と苦笑いした。

「かたつむりじゃないよ。貝を探すんだよ、無量くん」

「でも、これかたつむり」

無量が指さしたところには、丸い渦状の化石がある。覗《のぞ》き込んだ先生が驚いて、すぐに専門家を呼んだ。やってきたのは「岡村《おかむら》」という年配の化石発掘指導員だ。無量の発見を知ると、ニコニコして答えた。

「これはアンモナイトだよ」

「あんと……まいも？」

「アンモナイトだ。白亜紀《はくあき》のものだな。よく見つけたね。すごい発見だぞ」

「これなに？　貝？」

「アンモナイトは貝じゃない。頭足類《とうそくるい》といって、イカやタコに近いな。大昔に絶滅してしまって今はもういないんだ。恐竜がいた時代に生きていたんだよ」

無量の目がパッと輝いた。

「恐竜も？」

ああ、と岡村指導員は軍手をはめた手で握り拳《こぶし》を作った。

「このあたりにも恐竜が棲《す》んでいたことはまちがいない。よく探せば、骨が出てくるかもしれないよ」

幼い無量には、土器よりも恐竜のほうが数倍魅力的だ。他の子供たち同様、恐竜が好きで、わざわざ東京まで恐竜展を見に行ったほどだ。

無量はなんと、その日のうちに、アンモナイトを二つとイノセラムスという貝と鮫《さめ》の歯を三つも見つけてしまった。これには岡村指導員も驚いた。

「いやあ、すごいなあ。君には発掘勘があるみたいだね」

おとなしくて目立つところのない無量が初めて皆の前で褒められた。恥ずかしかったが興奮もしていた。岡村指導員は無量に一枚のプリントを渡した。

「毎週土曜日、おじさんの仲間で発掘会をやっているから、もしよかったらお母さんやお父さんに連れてきてもらうといいよ」

これが「発掘」との出会いだった。

無量はその日のことを母親と祖父母に報告した。あまりに興奮してまくしたてるものだから、母と祖母は驚いている。これを喜んだのは、祖父の瑛一朗だった。フィールドこそちがうが、なんであれ、孫が「発掘作業」というものに興味を示したのがよほど嬉《うれ》しかったとみえる。

「よし、じゃあ、来週おじいちゃんが連れていってあげよう」

「ほんとー？」

約束通り、瑛一朗は化石発掘会に無量を連れていってくれた。

躾《しつけ》には厳しい祖父で、ゲーム機の類《たぐ》いも決して買わせず、日頃から本を読み聞かせたり、おはじきをさせたり、古風な教育方針を貫いているが、初孫への愛情はひとしおだった。

岡村が代表を務める愛好家たちの発掘会は、このあたりでは有名な化石発掘スポットで行われていた。岡村は歓迎した。

「いや、しかし西原先生のお孫さんだったとは……。さすがですね」

西原瑛一朗が考古学の権威であることは、岡村も知っていた。

瑛一朗は目に笑い皺《じわ》を刻んで、無量の頭に手を乗せた。

「いやいや。同じ発掘屋といえど、化石のことは私の専門ではないので、わからんことだらけです。色々教えてやってください」

とは言いながらも、知識がまったくないわけではない。崖《がけ》に露頭した地層をみると、感動して、

「これが双葉《ふたば》層群の地層ですか。すばらしい」

「南北の走向で東に傾斜してます。このあたりは足沢層と言って海底に堆積《たいせき》した地層ですね」

「例の首長竜が出たのも、このへんですか」

「あれは玉山《たまやま》ですね。ここより新しい砂岩層です」

地元の高校生が発見した首長竜で、フタバスズキリュウと名付けられ、この界隈《かいわい》で有名な化石の代表格だった。岡村は人の好《よ》さそうな日焼け顔でニコニコしながら、

「この辺りでもティラノサウルス類の恐竜化石が見つかっていますよ。フタバスズキリュウだって一介の高校生が見つけたんです。素人でも大発見があるかもしれません」

「おじいちゃーん、アンモナイトみつけた！」

無量は、といえば、今はまだアンモナイトに夢中だ。

飲み込みも早かった。指導されるとすぐに理解して、どんどん作業を進めていく。そんな無量につきあって、瑛一朗も作業にいそしむ。高名な考古学者が、孫の後について、慣れない化石発掘に励む姿は微笑ましくすらあった。

バケツいっぱいに詰め込んだ化石に、無量は意気揚々だった。

まるで潮干狩りにでもきたように喜んでいた。

「また来ようね。おじいちゃん」

無量はすっかりハマってしまったようだ。

というより、のめりこんだ。さすがの祖父も毎週はつきあえないので、母親と祖母がかわりばんこに付き添ってくれたが、慣れてくると、岡村が連れていってくれるようになった。岡村を師匠として無量は化石発掘修業に励んだ。

「それで毎週行ってるのかい？」

驚いたのは、忍だ。

最近、無量が試合の応援にこないので「変だな」とは思っていた。まさか、ここまで化石発掘にのめりこんでいたとは。

　無量は図鑑に首っ引きだ。自分が採掘してきた化石を図鑑の写真と見比べては「同定」している。だが、まだ漢字が読めないので、せいぜいカタカナの名前を読むのが精一杯ではあるのだが……。

　そんな無量は週末が忙しくなった。土曜日に採掘してきた化石を、日曜に岡村の家でクリーニングする。手つきはいっぱしの化石愛好家だ。

「忍ちゃん、みてみて！」

　そこからが長い。まだ小学校にもあがる前の幼稚園児が夢中で化石について語りまくる。

「これがメソプゾシア・ユーバレンス、こっちがゴードリセラス、それはジュードバロイシセラス・オニラアエンゼ」

　博識の忍も、さすがにちんぷんかんだ。

「どれも同じに見えるけど」

「ぜんぜんちがうよ」

　無量はミニカーを集めるようにアンモナイトを集め始めている。

「これホオジロザメの歯。忍ちゃんにあげる」

「あ、ありがとう……。今週、隣町と試合があるんだけど、見に来ない？」

「今週はフタバクジラ掘りにいくから」

あっけなく、ふられた。最近つれない無量だ。

「それより、ねえ。今度、忍ちゃんも掘りにいこうよ」

忍の知らない世界で夢中になっている無量が、忍にはなんとなくおもしろくない。

そのうちね、と答えて、むっとしながら煎餅《せんべい》にかじりついた。

＊

次の週末のことだった。

無量の父親・幸允《ゆきのぶ》が三週間ぶりに帰宅した。

幸允は単身赴任で東京の大学に勤めていたが、ここひと月ほど週末は学会や海外出張が続いていて、なかなか自宅まで戻ってこられなかったのだ。

妻の裕子から近況を聞き、幸允は驚いた。

「また化石を掘りに行ってたのか？」

そうなんです、と裕子も呆《あき》れた様子で、庭のほうを見やった。

「毎週土曜日は化石掘りなの。あそこのバケツ全部、無量がとってきた化石」

庭にはバケツが十個以上も並んでいる。中には化石がごろごろ詰まっていた。

特にアンモナイトにハマっているらしく、巻き貝に似た石があふれかえっている。

「とってくるのはいいんだけど、増える一方でどうしたらいいのか」

「それはまた妙なものにハマったな」

脱いだ上着をハンガーにかけながら、幸允《ゆきのぶ》は仏頂面で答えた。

「それより、これ」

と手提げの紙袋に入った箱を妻に差し出した。

「まあ、なんですの？」

「みやげだ。先日のシンポジウムが福岡だったから」

裕子は箱を開けてみた。中に入っていたのは、焼物だ。

「まあ、唐津《からつ》焼の花器。わざわざ唐津まで行ってくれたんですか？」

「わざわざじゃない。観光で近くまで行ったから、ついでだ」

くす、と裕子は笑った。なんだ？　と幸允が言うと、裕子は嬉しそうに目を細め、

「これで七個目」

「一輪挿しは初めてだろう」

「ふふ」

裕子が唐津焼が好きだと言ったのを、幸允は覚えていたのだ。家には幸允が買ってきた唐津焼が、もう六個もある。義母が茶をたしなんでいて、抹茶茶碗《ちゃわん》を求めたのがきっかけだった。

「なんだ。そんなにおかしいか」

照れ隠しのように仏頂面をする幸允が、裕子には微笑ましく見えるのだろう。

無量が戻ってきた。


そこへ祖母の信子と一緒に買い物に出ていた無量が戻ってきた。

「おとうさん」

無量はかしこまった表情になって「おかえりなさい」と言った。幸允《ゆきのぶ》はうなずいて、

「元気にしてたか」

「うん」

「そうか。毎週、化石発掘してるそうだな」

「……うん」

「楽しいか」

「うん」

と答えたときだけ、ぱっと笑顔になった。

「そうか。よかったな。……そうだ。おまえにもみやげが」

とかがんだ時、今度は祖父の瑛一朗が帰ってきた。無量は玄関を振り返り、

「あ、おじいちゃん、おかえりなさーい！　今日ね、おばあちゃんが」

玄関へと走り去ってしまう。残された幸允と裕子は、少し気まずい。みやげのラジコンカーは渡すタイミングを逸してしまった。

無量は一緒に住んでいる祖父にはいたくなついているが、父とは距離がある。幸允は

たまに帰ってきても、祖父のようには甘えさせてくれないし、性格的にもとっつきにくいし、あからさまに子供を可愛がる男でもない。そんな父親の前では、無量も少し緊張するようだ。

「……………。やはり一緒に住んだほうがいいのかな」

珍しく幸允《ゆきのぶ》がそんなことを言い出した。

「東京に来るか」

裕子は驚いた。幸允は真顔だった。

「うちの教員住宅は狭いから、ここみたいにのびのびとはいかないが、教授に昇格が決まったあかつきには……」

「いいの。無理しないで」

と夫の心を読み取ったように、裕子は穏やかに言った。

「都心に住んじゃったら、無量もこんなふうに毎週は化石を取りに行けなくなるし、小さい子供と一緒では、あなたも研究に集中できないでしょう？」

「だが、このままでは父親らしいことも」

「あなたは充分、父親としてのつとめを果たしてますよ。無量も、今度お父さんが帰ってきたら化石を見せるんだって張り切っていたのよ。あとで一緒に見てあげて」

「そうか」

少し安堵《あんど》したようにうなずく。

幸允《ゆきのぶ》は昔から子供が苦手だった。義務感から家庭をもったようなところもある。

少々風変わりな男で、大学では昔から、文献史バカと呼ばれるほど研究熱心で知られており、学会でも新進気鋭の研究者として注目を浴びている。論文だけでなく歴史関係の原稿依頼が殺到していて、昇進も目の前だ。順風満帆だ。

研究第一とは言え、家族がどうでもいいわけでもないようだ。週末だけとはいえ、東京から帰るには遠い自宅だ。それでも面倒がらずに帰ってくる。それもひとえに家庭を持つ父親としての義務感からだったろうが、幸允が、似合わないラジコンカーなどを買ってきたのも、無量と遊ぶきっかけ作りのためにちがいなかった。単身赴任で離れている時間を埋めようと幸允なりに努力しているのだろう。子供嫌いだと放言して憚《はばか》らない男が、おもちゃ屋でどんな顔をして選んだのだろう、と思うと、裕子はちょっと微笑ましくなってしまう。

「なんだ。にやにやして」

「ふふ。なんでもありません」

「それより明日《あした》はトモオとゴルフだ。呑《の》んで帰るから、夕飯はいらないぞ」

「あら。トモオさんと？　なら、うちに来てもらえばいいのに」

幸允の大学時代の友人だ。

唯一、親交が続いている男で、今は筑波《つくば》で研究職をしている。あちらはバリバリの理系で、たまたま下宿先が一緒だったという縁だったが、不思議とウマが合い、卒業から二十年近く経った今もつきあいが続いている。

たまに家にも遊びにきて、無量は「トモおじちゃん」と呼んでよくなついていた。うっかりすると父親よりもずっと。

「土曜日は無量の化石発掘の日よ。明日はあなたが同行する約束だったんだけど」

幸允《ゆきのぶ》は忘れていたようだ。

「そんな約束をしていたか」

「していましたよ」

月末〆切《しめきり》の論文で頭がいっぱいだったので、聞き流してしまっていたらしい。

「仕方ないわ。私がつれていくわね。双葉のほうだから、帰りも遅くなるし」

「すまんな」

「いいのよ」

「それは」

とラジコンカーを指さし、

「君からあとで渡しておいてくれ」

裕子は困った顔で肩をすくめた。

その日の夕食は、家族三世代が揃ってテーブルを囲んだ。

学者一家の食卓らしく、話題はいつのまにか最近の学会話になった。

「先日もうちの中世史の中岡《なかおか》くんが、幸允くんの論文について話していたよ。東アジアの交易史に新しい切り口を作り出したと言って」

「使役倭人《わじん》についての新史料が出たんです。先日韓国の研究者とも会いました」

「国家がどこまで影響を与えていたかが、論点になるな」

小難しい話を延々としている。家族の日常会話らしい話題にならないところが、この一家らしいのだが、祖父と父の会話を聞き流しながら、無量はもくもくと目の前のソーセージにかぶりつく。

食事が済んでも晩酌は続く。祖母と母は台所に消え、男ふたりで昨今の史学界について語り合う。どちらも弁が立つ気鋭の学者同士だが、瑛一朗が酔って持論を展開しはじめると、幸允《ゆきのぶ》は舅《しゅうと》を立てて聞き役に回る。意見が衝突しても、最後には幸允が譲るのであからさまなケンカにはならない。

そんなふたりの後ろに、無量がこれみよがしに化石の箱を持ってきて、両手にアンモナイトを握り、人形遊びよろしく戦わせ始めた。

瑛一朗が手洗いに立った時だった。一方的な持論をまくしたてられて少々疲れ気味だった幸允に、無量が見計らったように声をかけた。

「お父さん、アンモナイト知ってる？」

幸允は即答した。

「白亜紀の頭足類だ」

「これ、こないだおれが見つけたやつ。フタバススズキリュウより古いんだよ」

「双葉層群で見つかった首長竜だな。全身骨格は見たことあるか」

「どこにあるの？」

「会津《あいづ》と東京の博物館にある」

「ホンモノ？」

「模型だ。化石標本から復元した」

珍しく父子《おやこ》の会話が盛り上がっている。これには母・裕子も驚いた。学究心の強い父子らしく恐竜化石の話題になると、自然と知識の応酬になってしまう。が、好奇心の強い無量にはそれが楽しくて仕方ないようだった。

「化石みせてあげる。こっちきて」

無量が幸允《ゆきのぶ》の手を引いて庭に連れ出していくのを見て、裕子も祖父母も驚いた。こんなに積極的な無量を見たのも初めてだったからだ。アンモナイトのことともなると無量のしゃべりは立て板に水だ。ありったけの知識を息もつかせずまくしたてる。そんな無量に幸允も黙ってつきあっている。

「ほらほら。もうお風呂《ふろ》の時間よ。おしゃべりはそのへんで」

と裕子が間に入ると、無量は珍しく自分から腕を引いて「一緒に入ろう」と言い出した。いつもは祖父母か母親と一緒で、父親とはあまり入ろうとしない無量だ。裕子が気を遣って、

「無量はおじいちゃんと先に入っ……」

すると、幸允《ゆきのぶ》が軽く手で制した。真顔で無量に言った。

「なら、アンモナイトがなぜ海底の堆積《たいせき》地層で見つかるのか、風呂で教えてやろう」

「なんでなんで？」

「それにはまず浮上限界深度というものを理解しなければ……。ちょうどいい。湯船で実験をするぞ」

幸允は博識だ。立ちあがって脱衣所に向かう幸允に、小さな無量がわくわくしながら、ついていく。

裕子と祖母は顔を見合わせた。

化石発掘は、親子の仲にも、微妙な進展をもたらしている。


夜は、親子三人、布団を並べて川の字で寝る。

両親に挟まれてすでに熟睡している無量を、幸允は横たわって眺めている。

「……うれしそうね」

と裕子が反対側から声をかけると、幸允は我に返って、また仏頂面に戻り、しきりに自分の顔を撫《な》でた。

裕子にはわかる。今夜は無量と化石を通してたくさん話せた。父親のつとめを果たしている自分に、幸允自身が満足しているのだと感じた。そんな夫が少し子供っぽくも思えたが、裕子は何も言わない。幸允の人となりを理解している。子供嫌いを理由に、まったく邪険にしているかと思えば、そうではない。

子供ばかりか、大人とのつきあいも必ずしも上手だとは言えない男だ。根っからの学究の徒で、一度研究にのめりこむとその没入ぶりは他を寄せつけず、我が道を行くスタイルで同学の者からも一目置かれていたが、同時に敬遠もされてきた。

見合い結婚で「舅夫婦との同居生活」が瑛一朗から出された結婚条件だったとはいえ、よく応じたものだと裕子は思う。いや、実際、息苦しいから単身赴任を選んだのだろうが。

おかげで父親となった後も、育児に関わる時間は極端なほど少なかった。

裕子が同じ母親友達にそれを言うと「よく我慢できるわね」と同情されるが、父不在の育児でもなんとか煮詰まらずにこられたのは、ひとえに実の両親と同居しているおかげだ。

その分、幸允《ゆきのぶ》が家族から浮いてしまう場面も多々あった。誰だって、よその家族に入っていくのは容易ではない。社交的でもなく柔軟性があるとも言えない、性分からして気難しいこの男が、それに耐えられるのは「同居は週に二日だけ」で済むからだ。だが、これではどちらが「家」だか、わからない。

家族のあり方は家庭ごとにちがう。これが幸允の距離感なのだ、と自分を納得させて、裕子は、不在の父が蚊帳《かや》の外に置かれないよう気遣い、無量とは何をするときも「お父さん」を話題に入れることを忘れなかった。そのおかげか、無量にとって父親は、祖父のように「身近な」人ではないが「特別な」存在となっていた。父親が帰ってくる週末は、無量にとっては一週間のうちで「特別な」日だった。

幸允《ゆきのぶ》も、かつては子供嫌いを公言して憚《はばか》らなかったが、それでも我が子を得てからは、彼なりの愛情を不器用ながらも示そうとしている。スキンシップは必ずしも足りているとは言えないが、言葉をかけることも忘れない。

それは無量にも伝わっている。ただ成長も早いので、お互いまだまだ関わり方を模索している。そんな親子なのだ。

化石は父と息子を結びつける、かっこうの話題になりそうだった。

裕子が話しかける。

「よかったね。無量」

無量はあどけない顔で眠っている。きっと夢の中でも化石を掘っているのだろう。

＊

翌日の発掘会に父親が来ないと知って、無量がいたくがっかりしたのは、自分のかっこいいところを見せるチャンスが失われたせいだった。自分が化石を見つけるところも見せたかったし、昨日の話の続きもたくさんできるものと思っていたからだ。

落胆はしたが、気を取り直すのも早かった。この日は忍もついてくることになっていたからだ。

念願だった。

自分が今一番夢中になっている大好きな化石発掘を、早く忍に教えてあげたかったから、無量は朝から大興奮だ。

「忍ちゃーん！　こっちこっち」

現場につくと、水を得た魚《うお》のようだ。

「それでね、忍ちゃん、この道具がね」

「頼む、無量……。〝ちゃん〟はやめてもらえるかなぁ」

色素の薄い美貌《びぼう》で、強気な性格とは裏腹に、ふっくらとした面立ちが柔らかく「紅顔の美少年」を地で行く忍は、幼い頃からよく女の子と間違えられた。

知らない人の前で無量が容赦なく「忍ちゃん」と呼ぶと、今でも間違えられてしまう。

「忍くん？」

「うん、そう」

「お母さんみたいに？」

「そう。お母さんみたいに」

「わかった。じゃあ、おれが教えてあげるね。忍ちゃん」

「あれ？　あ、うん……まあ、いいか。お手柔らかに」

無量は早く掘りたい一心で現場に颯爽《さっそう》と入っていく。離れたところから、裕子が忍に手を合わせている。「ごめんね。今日一日だけつきあってあげてね」と言いたげだ。

今日はたまたまリトルリーグの練習が休みで、無量のたっての希望を叶《かな》えるべく発掘会に参加した忍だ。正直なところ、渋々来た。化石に興味をもてなかったからだ。

だが、無量はやっと忍が重い腰をあげて来てくれたのが、嬉《うれ》しかったのだろう。やっと見つけた得意分野を披露したくてたまらない無量は、朝から張り切っていた。怒濤《どとう》の説明タイムに突入すると、逃げられない。忍は圧倒されている。

「無量がこんなにしゃべるなんて……」

引っ込み思案で口数が少なく、しゃべるのも得意ではない無量が、息継ぎする間も惜しいとばかりにアンモナイトについて語る語る語る。難しい横文字名前も、その内容も五歳児離れしていて、どこにこれほどの語彙《ごい》があったかと驚嘆してしまうほどだ。

いよいよ作業が始まると、もう無量ワールド全開だ。

指導員になりきって忍相手に「発掘指導」を始めてしまう。

「……忍くん……、耐えてね」

見守る裕子は、彼の忍耐力に期待するしかない。

ハンマーを握って二枚貝の化石を掘り出した忍は、物珍しさでそれなりに愉《たの》しめたが、なにせ地道な作業だ。一ヶ所に座り込んでコツコツと化石と向き合うのは根気もいる。横から無量が口うるさく指導してくるのは、まあ、耐えられたが、勝負事や体を動かすことが好きな忍の性分からすると、少々退屈だ。

これは楽しいのかなあ？　と首をひねる。

化石自体に興味が持てないというのもあったが、いつも自分の後ろをくっついてきていた無量が、忍にはさして面白いとも思えない世界に夢中になっている。それが忍をモヤモヤとさせる。

たぶん、それはやっかみだろう。無量が忍の知らない世界を持った事への、言ってみるなら、やきもちだったのだが、忍は自分の中に初めて芽生えたモヤモヤをもてあましてしまう。

それでも無量が目をきらきらさせているのを見ると、むげには突き放せない。

「……でも不思議だな。三百万年前に生きていた貝が、どうして今にまで残っていられるんだろう」

忍のひとりごとに、答えをくれたのは、岡村指導員だった。

「石になれたからだよ」

「石？」

「生き物の死骸《しがい》は海底でたいてい分解されるんだが、堆積物に埋もれていく間に、軟らかい組織だけが分解されて、空いた空間に、水中に溶け込んだ鉱石の成分が入り込むんだ」

へー、と忍は目を見開いた。

「つまり、細かい石の成分が入って硬くなるのか。周りをコーティングしてるのかと思ってた」

「そうだよ。内部がそっくり鉱石の成分に置き換えられるんだ。化石化というんだが、有機物が鉱物に完全に置き換えられると、木の形や骨がそのままの姿で石になるんだね。細胞が黄鉄鉱《おうてっこう》に置き換えられたアンモナイトは、作り物みたいに金ぴかになるよ」

へー！　と忍は目を輝かせた。

「なら、沈んだ場所によって鉱物の成分も変わってくるのかな」

小学生とも思えない呑《の》み込みの早さに、岡村は驚いた。

「そのとおりだ。君は頭がいいなあ」

忍は化石探しそのものよりも、化石が作られる過程に興味を持った。掘ることはそっちのけで、化石の成分について質問をぶつけている。

一方、無量は単純に化石探しに夢中だ。

昼食の時間になった。

裕子が作った弁当を、いつものようにふたり肩を並べて食べる。

すると、無量が妙に静かだ。さっきまで大興奮して忍に「指導」をしていたのに、急に笑顔を消しておとなしくなってしまった。忍が怪訝《けげん》そうにしていると、無量がおずおずと訊《たず》ねてきた。

「忍ちゃん……、化石発掘、楽しくない？」

どきり、とした。無量には人の顔色を窺《うかが》うところがある。機嫌に敏感なのだ。

「いや。楽しいよ。うん、楽しい」

「ほんと？」

「うん。でも僕はどっちかってゆーと、化石を作ってみたいな」

これには無量も驚いた。無量にはない発想だった。

「化石って、作れるの？」

「たぶん実験で似たようなことはできると思う。僕はそういうのが好きかな」

ふーん、と無量は答えた。ぴんとこないらしい。

「無量は化石のどこが好き？」

「形が好き。石になってるとこが好き。古くて変な形してるのが好き。でも」

「でも？」

「探してる時が一番好きかなあ」

その一言で、忍は悟った。

「そうか。宝探しか」

「え？」

「無量にとって化石発掘は宝探しなんだ。そうだろ」

無量はぽかんとした。

「うん、そう。宝探し。探してるとドキドキする。見つけるとワアッてなるの」

「ああ、そうか。うん。わかった」

忍も腑《ふ》に落ちて、何度もうなずいた。

「無量は宝探しがしたかったんだ」

「……うん。そう」

「おれは野球の試合で勝つのが好きだけど、無量は宝を探すのが好きなんだね」

「そう。見つけるの好きなの」

納得したらモヤモヤした気持ちが急に晴れた。忍は妙にすがすがしい気持ちになって、大きな唐揚げに噛《か》みついた。

自分が興味のないものに無量が夢中になっているのが面白くなかった忍だけれど、それが自分と無量の違いなのだ。それが無量のアイデンティティーなのだ、だなんて難しい言葉で理解したわけではなかったが、一度、納得してしまったら、何か気持ちが軽くなった。

無量は自分と同じでなくても、いいのだ、と。

勝手に淋《さび》しいと思っているのは、無量と自分を切り離せていなかったからで、お互いの好きなものに熱中している姿をただ受け止めていればいいのだ。

「わかったよ、無量。たくさん化石を探しな。見つかったら、おれに見せて」

「忍ちゃんは探さないの？」

「僕は探さない。でも」

と無量の小さな肩に両手を置いた。

「おれは無量が見つけたものがなんなのかを調べる。出てきたものの正体を知るのが、おれの役目だ。どうだい」

「忍ちゃん……」

　こくり、と無量はうなずいた。

「うん。おれ、さがすよ。見つけて忍ちゃんとこにもってく。だから教えてね」

「ああ、調べるのは得意さ」

　忍はおにぎりを頬張って、頼もしく笑った。

「調べても調べても見つからなかったら、新種を発見したってことだろ。おまえが新種を見つける日まで、手伝ってあげる」

「うん！　新種のアンモナイト見つける！」

「ああ、がんばれ。無量」

　そんなふたりの約束を、裕子たちが少し離れたところから見守っている。

　岡村と顔を見合わせて、うなずきあった。

　その日は暗くなるまで化石を掘り続けた。

　バケツ一杯の化石を持ち帰った。

＊

「ふー……ん。発掘屋の孫が化石発掘をねえ……」

感心そうに言ったのは、幸允《ゆきのぶ》の友人・武谷《たけや》知生《ともお》だった。

ゴルフ帰りに立ち寄った小さな中華料理屋で、紹興酒を酌み交わしながら、武谷知生は親友の話を聞いている。幸允は紹興酒の猪口《ちょこ》にざらめを入れて、一息にあおった。

「血は争えんってやつかな」

「それにしてももう五歳か。ついこの間までヨチヨチ歩きだったのに。人んちの子は育つのも早いな」

かくいう武谷は、独身だ。だが幸允とは正反対で、根っからの子供好きだった。

「自分の子供だが、いまだにどう向き合えばいいのかわからん」

青梗菜炒《ちんげんさいいた》めを口に運びながら、幸允は相変わらずの仏頂面で言った。

「やっぱり苦手だ。子供は」

「子供だと思うから戸惑うんだ。自分も童心に戻ればいいのさ」

武谷は幸允とは対照的で、何事にも自然体で友達も多く、研究者にしては珍しく、ざっくばらんな性格だった。

「自分まで子供になってどうする。子供は子供、大人は大人だ。大人として振る舞えなければ、しつけもできん。親というものが、おまえにはわかってない」

「そりゃわからないさ。親じゃないからな」

「おまえはいい加減すぎる」

たしなめられても、武谷は笑うばかりで、また紹興酒を手酌した。

「でも、子供嫌いなおまえが、会えばいつも無量の話ばかりしてるじゃないか」

幸允《ゆきのぶ》は怪訝な顔をして、

「愚痴だ」

「ただの愚痴にしては、まんざらでもなさそうな顔をしてる」

幸允は取り繕うように顔を撫《な》でた。

「子供嫌いのおまえが、そもそも家庭なんか持てるのかと思っていたが、何事も案ずるより産むが易し、だな」

「子供というもんは、よくわからん」

溶け残ったざらめを見つめて、幸允は溜息《ためいき》をついた。

「いきなり一方的にまくしたててくるもんだから気を遣ってつきあってやってれば、次の瞬間にはもう別のことに興味が移ってる。疲れるだけだ」

「裕子さんはその『よくわからん』生き物と四六時中、一緒にいたんだぞ。たまーにしか帰ってこないおまえが『疲れた』なんて言ったらバチが当たる」

「そんなこた、わかってる」

「おまえみたいなやつがよりにもよって妻の実家で舅《しゅうと》夫婦と同居なんかし始めたのは、どうせ子育て全般を実家に押しつけるためだったんだろう。裕子さんはよく我慢できるよ。こんなやつに」

「裕子は実家が大好きだからな。実の母親のもとで子育てができるのは、悪いことじゃない」

「そういう問題か。俺にはおまえが子育てから逃げてるようにしか思えないがな」

「役割分担と言え」

「そんな古い昭和の親父みたいなこと言って。当ててやろうか、幸允《ゆきのぶ》。おまえは自分の息子と向き合うことから逃げてるんだ」

「逃げてない」

「逃げてないヤツは、俺とのゴルフなんか断って、化石を掘りに行ってるよ」

幸允は黙った。武谷は付け合わせのザーサイを口に放り込み、呆《あき》れたように嚙みちぎった。

「こんな自分勝手なやつと、裕子さんはよく一緒になったなあ」

「おまえに言われたくないぞ。すぐにでも結婚できる相手がいるくせに、五年も待たせて」

「俺はおまえみたいに打算的な結婚はできんからな」

「打算だと？」

「ああ、そうだ。考古学界の権威・西原瑛一朗の娘婿っていう肩書きが欲しかったんだろう。じゃなきゃ、おまえみたいなやつが結婚に見向きするはずはない」

「今更だろ」

幸允《ゆきのぶ》は意にも介さない。

「……人間社会には、わかりやすいヒエラルキーがある。同じ階層の人間同士が繋《つな》がるようにできている。最上階にいれば最上階の人間と、その下のフロアの人間には同じフロアの人間たちと。棲《す》み分けができていて、打ち破るのは容易じゃない」

「つまり、西原瑛一朗という最上階の人間を足がかりに、最上階の人脈を持つために、姻戚《いんせき》関係を結んだってわけか。まるで平安時代だな。いかにも歴史研究者らしい。だが、おまえが人脈を広げるべきは文献史学のフロアだろ。相手が考古学者じゃ意味がないんじゃないか」

「そうでもない。西原瑛一朗は考古学界のヒーローだからな。これからの時代、文献史学者は考古学者とチームを組むようになる。ますます手を取り合って実証を重ねることが肝要だ」

「将来を見越して、やがてはどっちの業界にも物言えるようになろうってか？　なるほど、結婚披露宴もド派手だったわけだ」

瑛一朗の名のもと、考古学と文献史学の第一人者を片っ端から招待して、まるで両者の結婚式とでも言わんばかりだった。招待客のスピーチだけで二時間かかった。

「ド派手なアピールも出世のためか。こんな打算的な男に、惚《ほ》れちまった裕子さんが、俺には信じられんよ」

するると、幸允が口元にもっていこうとした猪口を、止めた。

少し遠い目をして、表情を崩した。

「……裕子は、いい女だ」

「お？　はじまったな。堅物男のノロケが」

「裕子のようなやつとは、二度と出会うことはないだろうな」

静かに目を伏せて微笑む。そんなふうに噛《か》みしめる親友の横顔が、武谷は好きだった。

「まったく。なんだかんだ言って、惚れ合ってるんだから不思議な夫婦だよ、おまえたちは」

「この俺にそこまでズケズケ言えるやつも、おまえぐらいしかおらんぞ」

「そうか？　ったく。こんな狼の皮かぶった羊相手に、みんな何ビビッてんだろうな」

こうやって親友と毒づきあえる時間が、幸允《ゆきのぶ》には貴重でもある。

武谷はレバニラに箸《はし》をのばしながら、言った。

「……大学のほうはどうなんだ？　こないだのシンポジウムでも、おまえの大嫌いな大《おお》滝《たき》教授をこてんぱんに言い負かしたそうじゃないか。学説批判して赤っ恥かかせたって」

「これでもだいぶ抑えたんだ。大滝シンパに気を遣って」

「うそつけ。暴れるのもいいが、あんまり敵を作りすぎると、居場所がなくなるぞ」

「権威批判したくらいでつまはじきにするような学会なぞ、つぶれてしまえばいいんだ」

幸允《ゆきのぶ》は怖い物知らずだ。研究者の間では過激派と揶揄《やゆ》されている。

「まあ、そんな物言いができるのも西原瑛一朗の後ろ盾があるからだろ。……しかし家でもその調子なのか？」

「まさか。お義父《とう》さんとは、そこまでヒートアップはしないさ」

「西原教授も若い頃は、結構な過激派だったんだろ」

「……ああ。今も健在さ。それにあの人はどうも文献史学を下に見てるところがある。人間が書いたものなどあてにならん。土から出てくる物のほうが信用できると言いたいのさ。考古学至上主義ってやつさ」

昨日のやりとりを思い出して苦々しい表情になる。武谷は肩をすくめ、

「それでフラストレーションためてるわけか。家庭円満のためとはいえ、大変だな。けど西原教授からは、おまえんとこの理事に口添えしてもらってんだろ」

「当然だ。でなきゃ、この年で助教授なんてなれっこない」

「野心家だな」

同じ研究バカでも、自分とはちがう、と武谷は思っている。幸允は出世を望みながら、ことあるごとに権威に噛みつくが、それは単なる反骨ではなく、権威への欲求の裏返しと武谷は見ている。

「そんなにエライ人間になりたいのか」

「自由になるためだ」

「自由だと？」

「ああ……。この世界で自由に物が言えて、自分の裁量で金が使えて好きなだけ物事を突き詰められるようになるには、地位と力が必要だ。俺はそのために上を目指す」

出会った時から揺るがないのは、幸允《ゆきのぶ》の上昇志向だった。その生い立ちにも理由があることを、武谷は知っていたが、あえて口にはしない。

「今時、こうもはっきりと出世を口にできるやつは珍しいよ」

「ぬかせ」

ふたりして、オイスターソース炒《いた》めの牛肉をほおばった。

「……けど、家族は大事にしろよ」

武谷はふと遠い目をして言った。

「おまえみたいに家庭は二の次みたいな考え方してると、必ずいつか、家族というやつからしっぺ返しをくらう。そうならないように」

「義務は、果たすさ」

「義務、か。おまえは出世するために〝家庭を持った一人前の社会人〟……っていう通行手形を手に入れたかったんだろうが、簡単じゃねえぞ。親子ってやつは」

幸允は紹興酒をあおった。

「……説教か」

「忠告だ。何も子供にいい顔しろって言ってんじゃない。ただ」

「ただ？」

「愛情ってやつは、出し惜しみしてたら、あっというまに年月なんか過ぎちまう。研究も大事だろうが、今しかできないことをちゃんとやってやれ。父親として」

幸允《ゆきのぶ》は空《カラ》の猪口《ちょこ》を手に、物思いに耽《ふけ》ってしまう。

無量のもみじのような小さな手を思い出していた。

化石を掘り続けて、一人前にまめができていた、小さな手を。

「……。愛情、か」

厨房《ちゅうぼう》のガス台から赤い炎が一瞬、大きくあがるのが見えた。チャーハンを炒めている。

小さな町の中華料理屋には、中国人歌手の歌謡曲が流れている。

壁に掲げられた「倒福《とうふく》」の赤い色紙を眺めて、幸允はぼんやり考え込んでいる。そんな親友を眺めて、武谷はまたザーサイを口に運んだ。

＊

幸允が帰ってきたのは、もう真夜中だった。

裕子は起きて待っていた。

「おかえりなさい。まあ、たくさん呑《の》んだのね」

珍しく酔ってふらふらしている夫をソファに座らせ、裕子はコップに水を注いで、渡した。幸允《ゆきのぶ》は一息に飲み干した。

「発掘はどうだった……」

「ほんとうに大変だったんだから。忍くんをつれて行ったんだけど、無量ったらね……」

裕子の報告を聞きながら、幸允は布団で熟睡中の無量を見た。少し前まで、体が小さく線の細い子供だと思っていたが、今はこんがり日焼けして、見た目も健康児そのものだ。一日中、目いっぱい、発掘をし続けて、満足しきった寝顔だった。

「そうだわ。はい、これ」

「なんだ？」

裕子から手渡されたのは、四角い箱だ。掌《てのひら》にのるサイズの。

蓋《ふた》を開けてみると、中に入っていたのは化石だ。アンモナイトの化石だった。

「それ、あなたにおみやげですって」

「俺に？」

「今日とってきたものの中で一番きれいなやつ、なんですって。あなたに手渡そうと思って、ついさっきまで起きて待ってたんだけど……」

今日のとっておきを父親にプレゼントするつもりだったのだ。幸允は我が子からの贈り物を掌に収めて、親友の言葉を思い返した。

おもむろにソファから立ちあがると、隣の部屋で寝ている無量の枕元に近づいて、寝顔を見おろした。ふっくらした頬は呆《あき》れるほどすべすべとしていて、マシュマロのようだ。目元と鼻が裕子とよく似ている。自分に似ないでよかった、と幸允《ゆきのぶ》は思った。

「……なあ裕子。夏休みに無量を会津の博物館につれていってやろう」

「ほんと？」

「双葉で出た首長竜の全身骨格を見たことがないと言っていた。化石に興味をもったなら、一度くらいは見ておかないとな」

まあ、と裕子は朗らかに胸の前で手を結んだ。

「それは素敵ね。なら磐梯山《ばんだいさん》にも行きましょうよ」

「八月に入ったら夏期休暇を取る。お義父さんたちにも声をかけておいてくれ」

「あら。たまには親子三人で行きましょ。水入らずで」

ね？　と裕子がほほえみかけてくる。そうだな、と幸允もメガネを外して、ポケットに差し込んだ。

「たまにはいいかもしれないな」

「無量もきっと喜ぶわ」

寝静まった家の中に、エアコンの稼働音だけが響く。

何億年も前の遺物が、息子の小さな手を介して自分の掌の中にあることを、幸允は不思議に思った。人間の歴史よりも遥《はる》かに古い生き物を、まだ生まれてからたった五年かそこらの生き物の手で掘り出したのだ。

たかだか数百年かそこいらの過去と格闘している自分などよりも、何億年もの時間を相手にしている我が子のほうが、ずっと太く大きな人間になりそうな予感がする。

それならば、それにふさわしいものを、まだ澄んだままの瞳《ひとみ》に見せてやろう。

熟睡している無量の右手に指先を触れると、ぎゅっと握り返してくる。その感触は赤ん坊の頃より、ずっとたくましくなっている。

幸允《ゆきのぶ》は仏頂面を崩し、ほんの少し、微笑んだ。

＊

それを聞いた無量は、案の定、大喜びした。

憧《あこが》れのフタバスズキリュウに会えるのだ。アンモナイトも好きだけれど、ホンモノの恐竜はもっと好きだ。いつかは自分で掘り出したいとも思い始めたくらいだ。

親子三人での旅行は初めてだ。

カレンダーに赤丸をつけて、指折り数えた。

夏休みに入ると、発掘日和が続いた。近所の山際にある採掘ポイントなら、子供だけでも行ける。家族が付き添えない日は忍が連れていってくれた。

この頃になると、無量も手当たり次第には掘らなくなった。ちゃんと質の良い物を見分けて、珍しいものだけを探し始めている。

「そうか。これを夏休みの自由研究にすればいいんだ」

　忍もそう気がついてからは、地層の様子なども丹念に調べて記録をとるようになった。持ち帰った後は化石の正体を探るための調べ物だ。凝り性の忍は、やり始めると徹底している。巻き尺やカメラを持ち込んで、いっぱしの発掘調査員めいてきた。

「ありがとう、無量。これ自由研究にはぴったりだよ」

「ほんと？」

「ああ。夏休み明けの自由研究展示で成果を発表しようと思う。先生も驚くぞ」

　なにやら忍の役に立っているらしい、と知ると、無量もますます奮起した。岡村が貸してくれた郷土本に載っている地場産アンモナイトを全部探し出すことが目標になった。

　夕方まで採掘地を巡る日が続いた。

　あたりが薄暗くなってくると、さすがの無量も不安になってくる。

「ねえ、忍ちゃん、もう帰ろうよう……。お母さんに怒られちゃうよ」

　こうなると、無量よりも忍のほうが執念深い。忍はライトを片手に化石探しを続けている。

「もう少し。これで異常巻アンモナイトが見つかれば、完璧《かんぺき》なんだ。ニッポニテスか、スカファイテスを見つけないと」

「もう暗くなってきたよ。忍ちゃ……」

　ふと、無量が言葉を止めた。そして何かに呼ばれたように沢の上流のほうを見た。

　そのまま、じっとしている。

「どうした？　無量」

無量は何に気をとられているのか。山の中腹辺りをじっと見つめ、立ち尽くしている。

「……なんか……」

「え？」

「なんか……よんでる……？」

無量のやつ、変なこと言うなぁ。その時は、忍もそう思っただけだった。

そんなこんなを続けているうちに、夏休みはすっとぶように過ぎていく。

〝フタバスズキリュウに会う日まで、あと五日〟

首長竜のぬいぐるみと一緒に眠りながら、その日を待ち焦がれている。

そんな無量に悲報が届いたのは、翌朝のことだった。

＊

「行けなくなった？」

幸允《ゆきのぶ》からの電話を受けたのは、裕子だった。

それは突然の予定変更の知らせだった。

「待って。でもそれはあなたが出なくてはならない講演なの？　他にも教授や助教授の方はいるだろうに」

年に一度行われる、とある学会の総会だった。そこで行われる講演会で、同じ研究分野にいる有名教授が講演予定だったのだが、数日前に病に倒れ、急遽《きゅうきょ》、一コマ空きができた。その代理として幸允《ゆきのぶ》に「壇上に立ってみないか」と声がかかったのだ。

その講演は、各分野における権威か、昨今飛躍的に成果を上げた者だけが立てる、研究者にとっては晴れ舞台でもあった。皆も注目しているし、若い研究者にとってはまたとないアピールのチャンスだった。

幸允くらいのキャリアでチャンスが巡ってくるのは稀《まれ》なこともあり、他大学からの引き抜きの可能性も大いに出てくる。幸允からすれば逃す手はなかったのだろう。

「でも無量はとても楽しみにしてるのよ。あなたと旅行に行けるのを。一緒に恐竜の化石を見に行くのを」

電話の向こうの幸允は、少し黙ってしまった。しかし、もう代行を引き受けた後だという。いつもなら呑み込む裕子が珍しく食い下がった。

「なら、次の週は？　総会が終わってからなら行けるでしょ？」

来週と再来週も出張だという。延期というわけにもいかないようだ。

自分の代わりに祖父母に付き添ってもらうよう、幸允は伝えてきた。それが無理ならキャンセルする、と。無量にはうまく説明しておいてくれ、と。

「……わかったわ」

無量が心の底から楽しみにしている姿を毎日見ていただけに、裕子は途方にくれてしまう。

結局、旅行当日に祖父母も外せない予定が入っていたので、旅行は中止になってしまった。

案の定、無量は落胆した。

とはいえ、泣いてわめくようなこともなく、ただ「ふうん……」と言ったきり、隣の部屋に戻っていった。部屋の隅で小さな肩を落とし、何も言わずに落ち込んで、淡々と化石にやすりをかけている。

あまりにもショックが大きくて、駄々もこねられないのか。

裕子はかえって心配になってしまった。

*

「ええっ！　中止になった？」

話を聞いた忍も驚いてしまった。無量は無表情でうなだれている。

がっくりとして魂が抜けてしまったかのようだ。

ずっと心待ちにしていた無量の心中を思うと、忍は慰めの言葉も出てこない。

「そうか……。残念だね」

「うん」

「あんなに楽しみにしてたのにね」

「うん……」

しょげ返っている。

寡黙になってしまった無量は、ハンマーを握る手も弱々しい。傍《はた》から見ていても、気の毒で仕方がない。忍は同情してしまう。相良家ではつい先週、夏休みの帰省旅行で与那国島に行ってきたばかりで、とても楽しい思いをしてきただけに、せっかくのおみやげも渡しづらくなってしまった。

「じゃあさ、その日はまた海に行こうよ」

「海はくらげが出てるからもうダメだって、お母さんが」

「なら、市民プールとか」

なにを言っても無量の耳には届いていない。余程、フタバスズキリュウとの出会いを楽しみにしていたとみえる。

あまりに無量がかわいそうだったので、忍は帰宅すると、父親のパソコンで会津までの行き方を調べてしまった。貯金箱の中身とにらめっこをしている。

「……うーん。三時間かぁ」

同じ福島県内だ。日帰りで行けない距離ではない。

「問題は、お金か……」

ついこの間、野球道具を新調するのに使ってしまったばかりだ。手元にはいくらも残っていなかった。

「よし」

と思い立つと、庭で洗濯物を取り込んでいる母親のもとに行った。

「母さん、なんかお手伝いすることない？」

「なぁに？　突然」

「何でもお手伝いするからさ、かわりにお駄賃もらえないかな」

忍の家庭内アルバイトが始まった。庭の草むしりから電球交換、物置の整理整頓《せいとん》からカーテンの洗濯……と手当たり次第、働き始めた。自分の家だけでは足りず、隣近所にまでご用伺いにいくほどだ。

一方、西原家でも母親の裕子が同じ事を考えていた。裕子は大変な運転音痴なので、当初の予定通りのドライブはできないが、日帰りで公共交通機関を使い、博物館まで連れていくだけなら、と無量に申し出たところ――。

「お父さんと行きたかった……」

の一点張りで、決して「うん」とは言わない。こうなると無量は頑固だ。

完全にへそを曲げてしまった。

「……困ったわ」

裕子は夫の判断がうらめしい。幸允《ゆきのぶ》にとって滅多《めった》にないチャンスであることは、わかる。けれど、無量はあんなに行きたがっていたのに……。伝わっていないわけもないだろうに。言っても詮無《せんな》いことだが、あとほんの少しでいいから、家族を気にかけて、息子の気持ちを大切に思ってくれたならいいのに。

せっかく親子の絆《きずな》を深められるきっかけになれたのに。

——博物館はいつだって行けるが、講演会で登壇できるチャンスは何度もない。

それが幸允《ゆきのぶ》の言い分なのは、わかるのだが。

「……そうやって、また逃げてしまうの？」

リビングの椅子に座り込んで、裕子は棚に飾ってある親子三人の写真を眺めた。

無量も父親を決して敬遠しているわけではない。幸允が帰ってくると、どこからかまってもらおうか、いつも子供心に機会を窺《うかが》っている。化石をこれみよがしにリビングに並べたりしているのも、そのあらわれだ。自分にもっと関心を持ってもらいたい無量の気持ちが、裕子にはわかるだけに、仕事を口実につい家族を後回しにしてしまう幸允の態度がもどかしい。

研究に向ける情熱の、ほんのひとかけらでいいから、家族に向けてくれるとどんなにかいいのに……。

幸允が買ってきたラジコンカーは、まだ箱の中だ。無量も化石に夢中で、ラジコンカーには目もくれなかった。幸允にはそれが不満だったのかもしれないが。

「でも、ちがうのよ……」

裕子は独り言を呟《つぶや》いた。

「無量は、あなたがいないから、遊ばないだけよ」

それを息子に自分で手渡して「いっしょに遊ぼう」と言ったなら、無量は喜んで父と遊んだはずなのだ。

ラジコンカーでも化石でも、なんでもよかったのだ。

父親といっしょに何かができるなら。


窓を見ると、先ほどまで晴れていた空に、雲がかかり始めている。

テーブルに置かれた唐津焼の花器には、赤紫色をした千日紅《せんにちこう》が咲いている。

*

親子旅行に行くはずだった週末は、あいにくの天気だった。

朝からどんよりと鉛色の雲が立ちこめ、今にも雨が落ちてきそうだった。

「天気予報は、雨か……」

忍は自宅の窓から空を眺めている。結局、交通費は貯まらず、無量をつれての会津行きは断念しなければならなかった。今日はリトルリーグの練習も中止だ。

「にぃに、プールは?」

妹の真由が訊《たず》ねてきた。忍は振り返り、

「今日はダメだ。これから雨だって」

「えー……」

「化石発掘もできないな。仕方ない。無量のうちでクリーニング手伝うか」

そう思っていた矢先のことだった。西原家から電話がかかってきたのは。

電話を受けたのは忍の父・相良悦史だった。しばらく何事かやりとりをしていたが、

「ええっ！　無量くんの姿が見えないですって？」

ぎょっとして忍が振り返った。電話は無量の母・裕子からだった。

『朝から姿が見えないんです！　探しているんですけど、どこにも。そちらに行ってませんか？』

「いえ、こちらには……。他に心当たりは」

『今日は発掘会もありませんし、心当たりがあるとすれば……』

会津だ。会津の博物館にひとりで行ってしまったのかもしれない。

あの子ならやりかねない、と裕子は訴える。引っ込み思案な無量だが、時々、何をしでかすかわからないところがある。今朝は祖父母が知人の結婚式に出席するので着付けやら何やら、ばたばたしていた。その隙に出ていってしまったらしい。

「そりゃ大変だ！　探さなきゃ！」

「もしもし、おばさん！」

横から忍が受話器をひったくって叫んだ。

「無量は？　無量はひとりで会津に行っちゃったんですか！」

『今日だったのよ。旅行に行くってずっと楽しみにしてたから、きっとひとりで行っちゃったんだわ』

いくらなんでも幼稚園児がひとりで電車に乗って遠くに出かけられるわけがない。きっと駅で引き留められるはず。

『そう思って、駅に電話したんだけど、そんな子は見てないって』

「まだバスなのかも。バス会社には？」

『それはまだ。とにかく駅で見かけたら保護してくださいって頼んでおいたけど』

裕子は動揺して声が震えている。聞けば、以前、出かけた先でちょっと目を離した隙によその家族にくっついて改札をくぐっていってしまったことがあるという。油断できない。

『私、今から駅に向かうから、もし忍くんのところに無量が来たら、携帯電話に連絡くれるかしら？　おねがいね』

慌ただしく言うと、裕子は電話を切った。そうと聞いては、忍もじっとしていられない。

「父さん、一緒に無量探そう！」

「ああ。母さんは家にいてくれ。無量くんが来たら、電話して！」

朝食もそこそこに、相良父子《おやこ》は車に飛び乗って、無量を探しに出ていってしまった。

＊

だが、どこを探しても見つからない。

駅にもおらず、待っても来ず、鉄道会社にも連絡してもらったが、どこからも「見つかった」という返事がない。まさか高速バスを使ったのかとまで思ってバス会社にも連絡したが、それらしき子供はいなかった。

「もう警察に頼むしかないのかも」

駅のコンコースでおろおろしている裕子を見て、忍は無量が使いそうな手を必死に考えたが。

「……ねえ、おばさん。無量、本当に会津に行ったのかな」

「え？」

「まだこのへんにいるんじゃない？　化石の発掘道具は家にあった？」

「でも今日は雨だし、こんな雨の中、発掘に行くとは」

思えない。忍は考えを巡らせて、きっと顔をあげた。

「発掘道具が家にあるか、確認してください。もしなかったら、こっちに電話を。……父さん、行こう。石切場に」

子供らしからぬ機敏さで言うと、きびすを返して駐車場へと向かった。

忍の予測はあたっていた。

無量の家からは発掘道具がなくなっていた。やはり無量はこの雨の中、たったひとりで発掘に出かけていってしまったらしい。

忍と父・悦史は一足先にいつもの石切場についた。

「おーい、無量――ッ！」

しかし見回しても無量の姿はない。

「ここじゃないんじゃないか？　他に採掘ポイントは？」

「無量は異常巻アンモナイトを探してた。おれが躍起になってたから……」

夏休みの宿題の自由研究のために、ふたりで地場産アンモナイトをコンプリートしようとしていた。だが、夏休みも残すところあとわずかなのに、目当ての物がなかなか見つからないので、ここ数日、血眼になっていた。血眼になっていたのは、主に忍だったが……。

「おれのせいだ。おれが絶対に見つけるって言ったもんだから、無量は……」

「落ち着け、忍。ここの他にはどこがある」

「沢のほうに、もう一ヶ所」

「よし、行って探そう。無量くんのお母さんにも電話する」

連絡がつくと、裕子も合流するという。相良親子は傘を差しながら、雨の中、移動を開始した。

一方その頃、無量は山林の中にいた。

忍の見立てた通りだった。無量は異常巻アンモナイトを探して、朝から山にやってきた。地元の化石愛好家が「三筋の沢」と呼んでいる谷にいた。そこは小さな渓谷になっていて、化石のある地層が露頭していることで知られていた。

初めて足を踏み入れるところだったが、川沿いに歩いていれば、道には迷わないと思ったのだ。だが、川は雨のせいでいつもよりも流れが激しく、水かさも増している。いつもはちょろちょろと流れるだけの静かな沢だったので、水しぶきを上げて流れる様が、怖かった。それでも無量は崖《がけ》にへばりつくようにしながら、化石を探してどんどん上流へと進んでいく。

「よんでる……」

ゴオゴオと激しい川の音にも、かき消されない。無量には感じる。この先から。

「……なにか呼んでる……」

ハンマーと鑿《のみ》が入ったバケツを手に、黄色いレインコートを着込んだ無量はひたすら進んだ。呼ぶ声に導かれるまま、ぬかるみの道をひたすら進んだ。

山林の樹木が密集し、激しい雨は木々がいくらか遮ってくれたが、川はますます増水していく。

それでも無量は小さな足で歩き続けていく。

「おーい、そっちはいたかー!」

無量の捜索隊はどんどん数を増やしていた。

とうとうパトカーもやってきて、採掘場の周りを何度も往《い》き来している。裕子から連絡を受けた岡村が化石愛好家たちにも声をかけ、大勢の大人が捜索に加わった。祖父母も知人の結婚披露宴に招待されていたが、予定をとりやめて、捜索に駆けつけた。

「無量は!　相良君、無量は見つかったのか!」

礼服で駆けつけた瑛一朗に、悦史は首を横に振った。

「だめです。こっちにもいません」

「いったい、なんでまたこんな雨の中に発掘など……っ」

その隣で忍は青ざめている。自分のせいだ。自分が夏休みの自由研究で躍起になって、見つかりもしない化石を見つけようと無量を急《せ》き立てたせいだ。

「ごめんなさい……」

「どうして忍くんが謝る。こっちこそ、うちの孫のために、こんな朝からすまない」

「ううん、無量のおじいさん、おれは……ッ」

「このあたりの採掘ポイントはほぼ探しました」

そこへ無量の師匠・岡村もやってきた。黒い雨合羽《あまガッパ》からは雨粒が玉となって落ちている。

「どこにもいません」

「いったいどこに……」

裕子は不安のあまり、今にも泣き出しそうな顔をしている。岡村は険しい顔をして、雨に煙《けぶ》る山林のほうを振り返った。

「あとは……三筋の沢ですね。あの沢は普段は細いのですが、雨が降ると急激に水かさが増すんです。知っている者は近づかないのですが」

「あんな険しいところまで子供の足で入るだろうか」

「ええ。でも……」

岡村には懸念があるようだ。

「あの沢沿いは、炭質砂岩層になっていて時々、化石が露頭しているんです。愛好家の中でも限られた者だけが知る穴場なんです」

「まさか無量はその沢を登っていったんじゃ」

「だとしたら、とても危険です。水かさが増した沢に落ちたり、浸《つ》かった足を滑らせたりでもしたら、あっというまに流れにもっていかれてしまう」

居合わせた者は全員、青くなった。

「すぐに探しましょう。消防隊にも連絡を」

「わかりました。ここからは危険ですので、装備のある者だけで」

「僕も行きます！」

忍が声を大きくして前に進み出た。

「無量は僕の自由研究のための化石を探しに出たんです！　無量の行動パターンもよくわかってます。一緒に行かせてください。絶対見つけますから！」

大人たちは顔を見合わせる。首を横に振っているのを見て、忍はなお説得しようとしたが、制したのは父の悦史だった。

「忍、おまえは父さんと一緒に探そう。前に山登りした時に使ったザイルとカラビナが車に入ってるだろう。あれを持ってきなさい」

「父さん……。いいの？」

「但し、危険なところには近づかない。いいな」

悦史は学生時代にワンダーフォーゲル部にいた。山の中での行動の仕方は理解している。

「西原さんたちは林道のほうを探してください」

「わかりました。よろしくお願いします」

こうして急遽《きゅうきょ》結成された捜索隊で、山林に踏みいることになった。

麓《ふもと》で大人たちが大騒ぎになっている頃、無量は沢の上流を目指して黙々と歩いていた。

普段はちょろちょろとしか流れていなかった沢は、本性を剝《む》き出しにしたとでもいうように激流になっている。

さすがにそこに近づくのは危ないと思ったので、できるだけ離れたところを進む。それでもぬかるみに足をとられ、沢に落ちかけたことも一度や二度ではなかった。

それでも進む。歯を食いしばって、眦《まなじり》をつり上げ、挑むような表情で進んでいく。樹木が吐き出す濃い空気と大雨と激しい沢の流れが、無量の身を脅かせば脅かすほど、なにかが研ぎ澄まされていくような気がした。

この先に何かが待っている。何なのかはわからない。

だが、剝き出しになった地層が雨に濡《ぬ》れて、今まで見えなかったものが見えているような気がした。うまく言葉にはできない。だが、晴れて乾いている時には見えなかった何かがよく判別できるようになった気がする。

そこに隠れているものの気配まで、洗い出されていくような。

「うわっ」

また転んだ。あやうく沢に落ちるところだった。もう泥だらけだ。

辺りは薄暗く、鬱蒼《うっそう》としていて、普段の無量なら怖くて近づけないような場所だ。それでも無量は執念で進んだ。何が何でも、それと出会わなければならないような気がしたのだ。

滝のようになった急斜面をよじのぼり、無量は進んだ。体の奥底にある何かが「登れ、登れ」と無量を駆り立てる。無心で這《は》い上がる。

と、その時だ。目線の先に突然、大きな滝が現れた。滝壺《たきつぼ》のあたりが崖になっていて、褐色の地層が剝き出しになっている。こんなところにこんな滝があるとは、聞いたことがない。落差二、三十メートルはありそうな、見事な滝だ。

「……………」

無量が息を切らして見つめているのは、滝ではなく、地層だった。

滝壺から湧き立つ水しぶきが靄《もや》になって、ヴェールがかかったようにひどく神秘的な光景だった。

無量は、息を呑《の》んだ。

「……みつけた……」

地層を見つめて佇《たたず》みながら、茫然《ぼうぜん》と呟《つぶや》いた。

「きみだったんだね……」

その頃、捜索隊は沢を上流まで登り続けていたが、ある場所に来て、足を止めてしまった。いつもなら一筋しかない沢が、その先で三つに分かれている。

「いかん……。これはどれに進んだか、わからんぞ」

普段は涸沢《かれさわ》である場所に、雨が降った時にだけ流れが現れる。三筋の沢という名は、そこから来ていた。

「三手に分かれましょう。我々はこのまま本筋をあがりますから、岡村さんと相良さんたちは東の沢を」

「わかりました」

シダに覆われた獣道をかき分けて、忍は岡村たちとあがっていく。晴れている時には見えない涸沢がいくつもあって、これでは迷いそうだ。

「また分かれてるな。どっちだ」

手分けをしているうちに、岡村と相良親子だけになってしまう。これ以上分かれて探すのは、二次遭難に繋《つな》がりかねず、危険だった。

忍は辺りを見回した。雨の森を見つめて無量の気配を探している。

「どうだ、忍……。無量くんが行きそうな場所がわかるか」

忍はこれはかくれんぼなのだと思い込んだ。無量が行きそうな場所、隠れそうな場所は自分が一番よくわかっている。理屈ではない。

ふと右手の細い沢に強く惹《ひ》かれるものを感じた。二股《ふたまた》の木があって、その先に地層が見え隠れしている。

「こっち。きっとこっちだ。あがろう、父さん」

悦史は岡村と顔を見合わせたが、息子の勘を信じたのだろう。

「よし。行きましょう」

三人は細く険しい沢を黙々と歩いていく。やがてその先から一際大きな沢音が聞こえてきた。

「滝……？」

地図を見てもこんなところに滝はない。怪訝《けげん》に思いながら進んでいった三人は、やがて急斜面を登ったところに開けた場所を見つけた。

「これは……」

美しい滝だった。

ほとんど崖《がけ》になったところに一筋の見事な滝ができている。

その滝壺の近くに黄色いものがうずくまっている。黄色いレインコートを着込んだ子供だ。忍は叫んだ。

「無量……！」

そこにいたのは間違いなく、無量だった。うずくまってガタガタと震えている。すぐに駆け寄って保護した。

「こんなところにいたのか、無量！　みんな心配して探してたんだぞ！」

「さむい……さむいよ……」

まずい、と言ったのは悦史だった。無量の体はすっかり冷え切ってしまっている。

「いかん。低体温症になりかかってる。体をさすって！　上着を！」

「それより……これ……これ……。忍ちゃん、これ……」

無量が握っていたのは、小さな三角形をした化石だった。

「どうしたんだ。これ」

「ここで見つけた」

「ここで？　貝……？」

岡村が近づいて無量の掌《てのひら》から受け取った。凝視した。

「サメの歯……？　にしては、大きすぎるし、尖《とが》りすぎてる」

長さは四センチはあるだろうか。ハッとして岡村が無量に問いかけた。

「これはどこで掘ったの？」

「あそこ」

と無量が指さしたのは、滝壺に近い崖上の地層だ。岡村は息を呑んだ。

「なんなんですか、その歯は」

「恐竜だ」

「え？」

「竜脚類《りゅうきゃくるい》の歯だ！」

あ！　と忍たちも声をあげた。岡村は興奮して無量の背中を激しくさすった。

「すごい！　すごい発見だぞ、無量くん！　おそらくティタノサウルスの歯だ！　もしかしたら、ここに埋まってるかもしれない！」

「……ほんと……？　これ、きょうりゅう……？」

「ああ、晴れたら改めて発掘に来よう！　だから、今日はおうちに帰ろう」

「まだアンモナイトみつけてないよ……」

「もういいんだ、無量！」

と忍が叫ぶように言った。

「おまえはもっとすごい発見をしたんだ！　もう十分だ。とにかく戻ろう。みんな心配してる！」

「うん……」

無量の小さな体を悦史が背負い、上から上着をかけて下山する。トランシーバーで発見を報《しら》せ、沢を辿《たど》りながら、麓《ふもと》へと下りた。

「無量！」

林道で待っていた裕子と祖父母が、半泣き顔で駆け寄ってきた。無量発見の報せは受けていたが、実際に顔を見るまで気が気でなかった。すでに救急車も駆けつけている。無量を背負った悦史が現れると、たまらず裕子が駆け寄って我が子を抱きしめた。

「無量！……無事でよかった！」

祖父母も礼服のまま、雨の中で待ち続け、無事を喜んだ。無量は寒さに震えてはいたが、悦史の背中で暖まったおかげか、受け答えができるくらいには元気があった。忍がそばでずっと話しかけていたのもよかった。命に別状はなかったが、大事をとって救急車に乗せられて、病院に搬送されていった。

「本当によかった……。無量」

ようやく胸をなで下ろした忍は、気が抜けて座り込みそうになっている。

「大丈夫か。忍」

「ありがとう、父さん……。一緒に探してくれて」

悦史は大きくうなずいて、「よくやった」と息子の頭を勢いよく撫《な》でた。

雨は次第に小ぶりになっていき、雲の切れ間から薄日が差し込み始めている。化石を抱く山々の向こうに、かすかに虹《にじ》がかかっていた。

忍はずっと堪《こら》えていた涙を手の甲で拭《ぬぐ》い、ようやく微笑んで、空を見上げた。

＊

結局、無量は大事をとって一泊だけ入院することになったが、順調に回復し、翌朝には元気で病院を後にした。

祖父母は大騒ぎになったことを関係各所にお詫《わ》びして、感謝の菓子折を配って歩かねばならなかった。もちろん、相良家にもやってきた。

「忍くんが熱を出した……？　大丈夫ですか⁉」

発熱して寝込んでしまったのは、なんと忍のほうだった。雨に濡《ぬ》れたのと安堵《あんど》したのとで緊張が解けた途端に倒れてしまったという。

「もとはといえば、うちの子が無量くんに発破をかけすぎたせいのようですから……。

たまに暴走しちゃうところがあるんですよね。忍にはよくよく言って聞かせます」

「いやいや。怒らないでやってくれ。無量の命の恩人なんだから」

瑛一朗はそう言って、悦史に頭を下げた。

無量ももちろんその後、瑛一朗から大目玉をくらったが……。


一連の騒動が、無量の父・幸允《ゆきのぶ》に伝わったのは、当日の夜のことだった。

裕子が電話で伝えた。すでに講演は無事終了していて、その報せを受けるまで、幸允はまったく騒ぎを知らなかった。

幸允は電話の向こうで、黙り込んでしまった。

裕子は心配になって、

「……でも、無量も元気になりましたから。……あの……、あなた？」

『……。どうして、すぐ報せなかった』

いつになくその声は硬かった。裕子は戸惑い、

「ごめんなさい。でも大事な講演の前だったので、心配させてはいけないと思って」

『息子のことだぞ！』

珍しく幸允が声を荒らげた。

『息子が行方不明になったっていうのに、なぜ一言も伝えない！　そんな気遣いされて俺が喜ぶとでも思うのか！』

怒気を孕《はら》んだ声に、裕子は驚いた。そして、か細い声で、

「……ごめんなさい」

受話器の向こうで幸允《ゆきのぶ》が怒りに震えている気配が伝わった。だが、それ以上の叱責《しっせき》はしなかった。長い沈黙の後で幸允は言った。

『ちゃんと叱っておきなさい。二度とこんなことはしないように』

電話はそこで切れた。

裕子は立ち尽くし、受話器を置いた。

落ち込みはしたが、そうやって珍しく取り乱したように怒ってくれた幸允に、安堵もしていた。だが同時に、あの時報せていたら本当に講演を放り出して駆けつけてくれただろうか、と疑問もわく。

報せがなかったことに、幸允は心のどこかで安堵しているのではないだろうか。

息子と仕事を選ばずに済んだという、思いで。

裕子は振り返って、テーブルの上の花瓶を見た。数日前まで元気だった千日紅は、深く首《こうべ》を垂れ、皆、下を向いてしまっている。

裕子はしおれた千日紅を手に取り、もう一度、元気にさせるべく、花瓶の水を入れ替えた。

＊

夏休みはそんな騒動のおかげで、残りもあっというまに過ぎてしまった。

無量の大発見は、その後、岡村たちに引き継がれ、専門家たちによって改めて本格的な発掘調査が行われることになった。

見つけた歯は、ヒサノハマリュウという竜脚類のもので、以前にもこの地で見つかっていた恐竜のものだ。新発見とはならなかったが、それでも無量初の恐竜発見は「幼稚園児が見つけた」というので一躍地元紙でも取り上げられたほどだ。

無量にとってはこの夏一番の成果となった。

おかげで忍の自由研究も急遽《きゅうきょ》、内容が変わり、〆切《しめきり》ぎりぎりまでまとめ作業に追われたが、その甲斐あって、学校内で最優秀賞を取ることができたので、忍にとっても良い成果と相成った。

「ありがとな。無量」

忍は頭があがらない。

「やっぱり、おまえはすごいよ。将来、きっと凄《すご》い化石ハンターになれるよ。でもどうして、見つけられたんだい？」

「化石が呼んだの」

「呼んだ？　化石が？」

「うん。呼んでたの。呼んでくれるの」

忍にはその感覚がうまく理解できない。声も出さない化石がどうやって呼んでくれるというのだろう。

「それは、おれがかくれんぼで無量を探し出す時のような感じなのかな？」

すると、無量も「うーん……」と考え込んでしまう。

「たぶんそんなかんじ」

「そっか……」

と呟《つぶや》いた忍は、はっと気づいた。そういえば、数日前、夕闇に包まれた採掘場で無量が奇妙なことを口走った。

——なんか……よんでる……？

あの時、無量が見上げていたのは、いま思えば、あの恐竜が見つかったあたりじゃなかったか。まさか、あの時から……？

「忍ちゃんも凄いオニになれるよ」

「オニ？　なんでオニ？」

「みつけてくれたもん。おれのこと」

山の中で迷子になっていた無量を見つけたのは、確かに忍の勘が働いたおかげだった。

忍は肩をすくめた。

「凄い化石ハンターと凄いかくれんぼのオニか……。おれたちが組んだら、最強かな」

「うん。今度こそ見つけようね、異常巻アンモナイト」

無量はまったく懲りる気配がない。

そこへ玄関先から「ただいま」と声が聞こえた。今日は金曜日だった。二週間ぶりに父・幸允《ゆきのぶ》が帰ってきたのだ。

「あ！　おとうさーん！」

無量は玄関へと走っていった。真っ先に見せたいものがあったからだ。

玄関には厳しい残暑の中、かっちりとスーツを着込んだ幸允が立っている。無量は幸允のもとに駆けつけると、箱の中に大切にしまってあったものを差し出した。

「おとうさん、これヒサノハマリュウの歯！　おれがみつけたんだよ！」

「………」

幸允は小さな掌《てのひら》の中にある恐竜の歯を見てはいなかった。無量の笑顔を凝視して、立ち尽くしている。ふいにしゃがみこみ、手を伸ばして、その腕で我が子を抱きしめようとするかに見えたが……。

肩に手が届く前に体が止まってしまう。人様に迷惑をかけた息子を叱るのが先だ、とでも思ったのか。気持ちと気持ちが衝突して固まった挙げ句……。

そのまま、掌だけを伸ばして無量の頭にのせた。

幸允はうなずいた。

「……よくやったな」

「……」

無量は白い乳歯をみせて、笑った。

うん、とうなずいた。

＊

その夏はとうとうフタバスズキリュウには会えなかったが、それ以上の出会いに恵まれた。それが後に無量が恐竜発掘にのめりこむ大きなきっかけになったことは、まちがいない。

それから十八年の月日が流れた。

いま、無量の前には博物館に展示されたフタバスズキリュウの全身骨格標本がある。双葉首長竜《フタバスズキリュウ》はその後、「フタバザウルス・スズキイ」との学名が正式に決まった。

そして同じ展示室のガラスケースの中に、無量が見つけたヒサノハマリュウの歯が保管されている。

「そっかー……。この歯にそんなエピソードがあったとは」

永倉萌絵《ながくらもえ》は、話を聞き終えて、感慨深そうに無量を振り返った。無量は子供の頃の話をされるのは恥ずかしいのか、むすっとしたまま、うんともすんとも言わない。

隣にいる忍が「そうだよ」とかわりに答えた。

「ちゃんと発見者の名前があるだろ。そういうことなんだ」

「……そっか。小さい頃は〝藤枝《ふじえだ》無量〟……だったんだね」

萌絵の言葉に、無量はようやく口を開いた。

「ちゃんと苗字《みょうじ》書き直すように、博物館のひとに言っておかないと」

萌絵も複雑そうな表情で見守っている。

無量はその後、新種のオウム貝も見つけて新聞にも載ったという。度重なるお手柄で「化石少年」と呼ばれ、近所ではちょっとした有名人にもなった。

ヒサノハマリュウのほうは、結局、頭の一部と頸骨《けいこつ》の一部だけが発見されて、全身骨格までは見つけられなかった。だが、いま無量はアメリカで、それよりも遥《はる》かに大きな恐竜化石を発掘している。

「いつかまた、地元で発掘してーな……」

「ああ、そうだね」

震災では県内にあるたくさんの化石も被災していた。レスキューされたものもたくさんあるが、中にはいまだに原発事故の警戒区域内にあって手つかずのものもある。

化石発掘は無量の原点だ。

無量が生まれ育った家は今はもう売り払ってしまい、忍の実家も火事で燃えて、ない。

生まれ育った町にあるのは、思い出だけだ。

「いい思い出ばかりじゃないけど、……悪い思い出だけでもない」

無量は大きくひれを広げたフタバスズキリュウを眺めて言った。

「またこうやって、会いに来れたし」

その一言にこめられた、無量が明かすことのない思い出の気配に、萌絵は気づいた。

博物館のこのささやかな一角に染みこんだ思い出を、たぶん、無量は噛《か》みしめている。


目の前にいる首長竜がいた頃の海を想像する。

その瞳《ひとみ》はきっと、どこまでも青く澄んだ空と海を映していたことだろう。

幼い無量の瞳が、そうであったように。

夢で受けとめて

亀石《かめいし》発掘派遣事務所は、所長である亀石弘毅《ひろき》の人脈で成り立っている。

昔から、手をつけた物事が完成した例《ためし》はなく、コツコツと努力を重ねて何かをやり遂げることはすこぶる苦手な男だったが、人と会うのは好きで、顔も広く、人付き合いを苦にしないところがあった。

様々な人と交流するから、自《おの》ずと話題にも事欠かない。初めて会う人間の懐にもすんなりと入っていけるのは、特技を通り越して、一種の才能だ——。

と……。

亀石の親友である柳生篤志《やぎゅうあつし》は思う。

柳生は、亀石建設の遺跡発掘事業部で現場監督を任されている。

亀石所長とは同じ大学の同級生だった。

学生時代から積極的に遺跡発掘について学び、場数を踏んだ柳生は、発掘調査技師として、社会人になってからも現場一筋だ。

一方の亀石はといえば、考古学専攻でありながら、発掘現場が大の苦手で、ろくに現場に行こうともしなかった。みみず嫌いということもあるが、そもそも根気のいる作業が大嫌いなのだ。発掘調査は、土を掘るのも測量するのも、注記して実測図を書くのも復元するのも、どれもこれもが地道な作業だ。根気がいる。むしろ根気のいらない作業がない。

——こんなはずじゃなかった……。

二言目にはそうぼやいた。

それでも考古学好きであることは変わりなく、発掘は無理でも、発掘に携わる人材集めはできるだろう、と思い立ち、親が経営する建設会社の遺跡発掘事業部で働き始めた。

それがきっかけだった。

やがて埋蔵文化財専門の人材派遣会社として独立し、今に至る。

柳生も籍を置き、エース発掘員《ディガー》として海外にも派遣され、数々の遺跡調査に貢献してきた。今でこそ親会社の正社員に落ち着いて、主に東京都内の発掘業務を担当しているが、海外での発掘経験を買われて、たまに講演会などにも呼ばれる。

その柳生の、現在の現場は、戦国時代の山城だった。

八王子《はちおうじ》城という。

但し、柳生にとっては少々厄介な現場ではあった。

「十兵衛《じゅうべえ》さーん、磁器出ましたー」

トレンチの中で発掘中だった無量《むりょう》が、手を上げて、柳生を呼んだ。

「おー。いまいくー」

今回の発掘調査地は、八王子城の御主殿《ごしゅでん》だ。「城主の住まう館《やかた》」のことで、平時の城の中心だ。

御主殿の発掘調査は、過去に二回ほど行われている。そのときは、大きな礎石建物二棟を含む計八棟が確認されていた。今回は、八王子城ではおよそ二十年ぶりの本格的な発掘調査で、屋敷の一部と庭園と思われる場所を調べている。

庭園（と思われる）遺構からは、池を囲む石積みが出ていて、庭石らしき巨石もいくつか出てきていた。

無量がいま掘っているところは、まさにその池の底だ。

「船載の……中国磁器ですかね」

「ああ、菊と牡丹《ぼたん》の……皿だな」

「戦闘用の城にしては、なかなか典雅な趣味ですね。確か、対秀吉《ひでよし》の戦を想定して作られたんでしょ？」

無量が手にした手ガリで、周りの土を軽く削《そ》ぎながら、言った。

「みたいだな。ここの城主の北条氏照《ほうじょううじてる》というひとは、戦上手で知られているが、なかなかの文化人でもあったようだ」

「落城した時は、確か、ここにはいなかったんですよね」

「ああ、主力部隊をつれて北条氏の本拠・小田原《おだわら》城にこもっていたというからな」

柳生は鬱蒼《うっそう》とした山林に囲まれた城跡を、眺めて言った。

「ここは戦国武将、小田原北条氏の城。豊臣《とよとみ》秀吉に攻められて、落城した。氏照は、相模《さがみ》の虎と呼ばれた、かの北条氏康《うじやす》の次男。正確には三男だが、長男が若くして死んだので、実質上の次男だな。四代氏政《うじまさ》の弟だ。氏康は子だくさんで、息子たちに各地の城を治めさせ、関東一円に覇を唱えた」

「さすがっすね。戦国時代の城、やってたんでしたっけ」

「おう」

柳生の得意分野は戦国時代の城郭遺構で、卒論も、出身地である奈良の信貴山《しぎさん》城を題材にしたほどだ。

派遣時代は、全国各地の城の発掘を請け負ってきた。

「東京ではなかなか山城を掘れる機会はないからな。この八王子城は築城から落城までの期間が、飛び抜けて短いから、築城当時の様子がよく残ってる。腕が鳴るな」

「はは。祖先の血が騒ぐってやつっすか」

「おう。俺の先祖は、剣豪だからな」

外見も、名前負けはしていない。がっしりとした体にいかつい風貌《ふうぼう》は、まさに剣豪だ。いかにも茶筅髷《ちゃせんまげ》が似合いそうなので、あだなも柳生新陰流《しんかげ》の天才「柳生十兵衛三厳《みつよし》」からとった。

「まあ、俺の先祖もどちらかといえば、寄せ手の側だったかもしれんが……」

「前田利家《まえだとしいえ》、上杉景勝《うえすぎかげかつ》、真田昌幸《さなだまさゆき》……。これだけの有名武将が押し寄せて数万の兵に囲まれたんじゃ、ひとたまりもなかったでしょうね」

「たった半日で落ちたとは言え、寄せ手の被害も馬鹿にならなかったそうだぞ。それだけ、よくできた城だったんだろう」

頂上まではいくつも曲輪《くるわ》がある。高低差が大きくて、攻めにくく守りやすい、難攻不落の要害といった趣だ。

攻めあぐねる敵将のような面持ちで見上げていた柳生は、首にかけたタオルで首元を拭《ぬぐ》った。

「……しかし、暑いなあ……。もう彼岸も近いというのに、いつまで残暑が続くんだか」

と言いかけた時、ぶるる、と悪寒のようなものが背筋を走った。

うお、とうめきをもらした柳生に、無量が気づいて声をかけた。

「どうしました？」

「いや……ちょっと寒気が」

「なんすか。風邪すか」

「いや、そうじゃない。たまにあるんだ。たまに」

と答えを濁す。

実は、柳生は霊感が強い。

「……おおうっ」

また背筋がひんやりとした。これが霊気というやつなのかは、わからない。ただ、人死にが多かった現場では、よく経験する悪寒だった。

「大丈夫っすか、十兵衛さん。熱あるんじゃないすか」

無量にも心配される始末だ。ちなみに無量には霊感がない。皆無だ。右手が遺物に反応してしまう無量だが、生まれてこの方、霊を見たこともなければ、金縛りにあったこともない。なので古戦場だろうが処刑場だろうが、さして気にせず掘れるのだが、柳生はそうもいかない。

――そんなん、ただの自己暗示じゃないのか？

と亀石には言われるが、この世ならぬものを目撃してしまったのも一度や二度ではないのだ。

「俺も信じたいわけじゃないんだがなあ」

とぼやきながら、柳生は測量に赴こうとしたのだが……。

「あ……」

山林の陰に、見えてしまった。この世ならぬものと思われる人影が。

一見、生きている人間と区別がつかないが、なんとなく「生きてはいない」とわかる。装束が違えば、なおさらだ。木陰に佇《たたず》んで、じっとこちらを見ている。鎧《よろい》を着込んでいるような気がする。強いて見ないふりをしてトレンチからあがろうとした時、頭の上のほうから突然、男の声が降ってきた。

「よう、だいぶ進んだじゃないか」

ギョッとして見上げると、髭《ひげ》を生やした中年男がこちらを覗《のぞ》き込んでいる。

戦国武将……ではなく、現代人だ。見れば、カメケン所長・亀石弘毅ではないか。

「おい！　いきなり何だ！　びっくりさせんな。カメ」

「え？　俺なんかしたか？」

「タイミングだ。タイミング」

掘り下げ中だった無量もすぐに気づいて、振り返った。

「亀石サンじゃないすか。どうしたんすか。いきなり現場になんか来て」

「下見だ、下見。ヒストリーツアーのな。どうだー。なんか出たか？」

柳生は動悸《どうき》を抑えながら、首にかけたタオルで冷や汗を拭って、答えた。

「いま、ちょうど船載磁器が出始めたところだ。……それより、なんだヒストリーツアーってのは」

「ああ、カメケンの新事業だ」

亀石は顎髭《あごひげ》を撫《な》でながら、もったいぶった調子で答えた。

「去年、旅行業者に歴史探訪ツアーのコーディネートを任されたんだが、そいつがシニア層になかなか好評だったもんだから、いっそうちの目玉事業のひとつにしてみるのはどうかと思ってな」

カメケンで発案したツアーを旅行会社と提携して、ひとつのシリーズにしようというものだ。歴史好きにはコアな客層がついているようで、マニアックな内容が喜ばれている。ツアーには専門家を同行させ、博物館のバックヤードや発掘調査中の遺跡、子孫のお宅訪問などなど。ちょっと普通の観光ツアーでは行けないレアで歴史的にも価値があり、かつ現在進行形で調査が進んでいるホットな現場を巡るというものだ。

「もちろん、温泉や豪華な食事付きだ」

「おまえが行きたいだけじゃないのか」

「それもある。……が、思いのほか、客層は広い。歴史好きがシニアだけだと思ったら、おおまちがい」

「若い連中が、歴史なんかに食いつくかね」

「ばか。いまの世の中、歴史を元ネタにしたゲームやアニメが、そりゃもうあふれかえってんだぞ。見ろ。ゲーム業界はいまや戦国武将や幕末なしには成り立たない。二次元を入口にして、ゆかりの土地や遺物を見たい層向けにツアーをじゃんじゃん企画する。こりゃ当たるぞ」

「おまえ、旅行業者に鞍替《くらが》えする気か」

「あくまで新事業だ」

「大体、おまえに若い子向けゲームがわかかんのかよ」

「俺はわからん。だが、そういうのにぴったりの人材が、うちにはいる」

柳生の頭に浮かんだのは、永倉萌絵《ながくらもえ》だ。

「さもあらん……だな」

「ゲーム業界とタイアップしてツアーを組むのも手だ。いける、いけるぞ」

白羽の矢を立てられてしまった萌絵は、このままでは、発掘コーディネーターからツアーコーディネーターに鞍替えさせられてしまいそうだ。

「で、下見に来た訳か」

「ここは都心からもほどよい距離だし、高尾山《たかおさん》にも近いし、薬王院《やくおういん》での滝行ツアーに発掘現場見学を組み込めないかと思ってな」

八王子城の調査は広範囲で、たっぷり三ヶ月はかかる。

「ちょうど秋の紅葉が見頃のあたりに終わるだろう。すぐに募集をかけて貸切現地説明会ができれば、マニアも喜ぶはずだ。……おい、無量。なんか注目集まりそうなお宝、出しておいてくれよ。珍しい遺物が出てマスコミが騒げば、客も増える」

亀石に拝まれた無量は、心底いやそうな顔をした。

「……そういうの、ほんと勘弁してくださいよ。商売と調査を天秤《てんびん》にかけると、ろくなことないすよ」

「うちの事務所は親会社と違って、赤字すれすれ、年中カツカツなんだ。ボランティアじゃないんだから、ちったぁ稼ぐことも考えないと」

「あー、不純不純。バチが当たりませんように」

言うと、また土に向かい始める。無量はまったく関心がないようだ。

肩をすくめて、柳生は亀石に向かった。

「おまえも調子がいいところあるからな。ほどほどにしとけよ。とりあえず、スケジュール確認だ。プレハブの中で話そう」

ふたりは作業中のトレンチを後にした。

＊

その日の作業終了後のことだった。

現場責任者である柳生のもとに無量がやってきて、奇妙なことを報告した。

「なんだと？　道具がいくら探しても見つからない？」

無量は作業員のまとめ役でもあるので、作業後に道具の回収を行っていたのだが……。

「そうなんすよ。いっくら探しても手ガリが一本、見つからないんす」

発掘現場では土を掘る——正確には削るために、様々な道具を使う。ジョレンや移植ゴテ、ガリと呼ばれるハンディサイズの鋤《すき》などがある。それらを遺構や遺物の状況に合わせて使い分ける。

無量ほどエキスパートになると手に馴染《なじ》んだ自前の道具を持ち込むのだが、基本的にアルバイトやパート作業員が使う道具は、事業者が貸し出しているものだ。作業後には全部回収して、数も確認しなければならない。

この日、手ガリと呼ばれる小さな鋤が行方不明になっていた。

「作業員さんたちに聞いて回ったけど、みんな返したっていうし……」

「よく探したのか。どっかのピットにでも落っことしたんじゃないのか」

「いや、探したんすけど、どこにもなくて……」

無量は途方に暮れている。

基本的に発掘道具は、刃物だ。ナイフや斧《おの》ほど鋭利ではないが、それでも先端は尖《とが》っていて、うっかり踏んだり、その上で転んだりしたら、思わぬ怪我をする。だから、道具は必ず手元に置いて決して放置はさせないし、使わない時にはバケツに戻すことを徹底している。作業後は必ず回収して数も確認しなければならないのだ。

「やっぱ誰か持ってっちゃったんすかね」

「なんかに紛れ込んだのかもな。いっしょに探すか」

ふたりはトレンチの中や周りを見て回った。

そうこうするうちに辺りは暗くなってきた。御主殿跡は広場のようになっていて、視界が開けていると言っても、周りは山林だ。街灯もない。

「仕方ないな。暗い中で探すのは、危険だ。明日《あした》の朝、早めに来て探そう」

ふたりがかりでトレンチにブルーシートをかぶせていると、亀石が虎口《こぐち》のほうからやってきた。

「終わったかー。帰りに高尾でそばでも喰《く》ってこうぜ」

「呑気《のんき》だな、おまえは」

「なんだ？　なにかあったか？」

事情を話すと、亀石は驚いていたが、なにやら訳知り顔でうなずいて、顎髭を撫で始めた。

「……あー……。そりゃ多分、八王子城の怨霊《おんりょう》のしわざだな」

柳生と無量はギョッとして目を剝《む》いた。

「怨霊だとォ？」

「有名な話だ。落城した時に討ち死にした兵や自害した婦女子の霊が、ここにはたくさん残ってるって。俺の知り合いが昔、物好きにも、ここでキャンプをしたことがある。なんと翌朝になって包丁だけがなくなっていたそうだ」

おどろおどろしい口調で語るものだから、無量たちはぞーっとしてしまった。

「きっと霊の仕業だな」

「ちょちょちょ……」

これには無量が慌てた。そうでなくても鬱蒼《うっそう》とした山林は夕闇に包まれて暗くなり、辺りは不気味な空気が漂っている。

「そういう不穏なこと言うのやめてくださいよ。せっかく気にしないで作業してられたのに」

仕事柄、死や葬送に関わる場所を掘ることは日常茶飯事だ。遺跡から人骨が出土することも珍しくはないし、古墳の調査などは言い換えれば「墓暴き」でもある。過去と向き合うとは、自《おの》ずと死者と向き合うことであり、それらも仕事のうちと言える彼らだが、だからと言って怪談が平気かといえば、そうでもない。

　ましてここは、激戦の果ての落城で、敵味方問わず、大勢の人間が無残な死を遂げた場所でもある。

「なんだ、無量。ビビッてんのか」

「いや……。永倉にもさんざん脅されたんすよ。調査の前に」

――八王子城って心霊スポットで有名なところだよ。

　萌絵はその手の話はどこからか聞きつけてくる。

　しかも親切に教えてくれる。臨場感たっぷりの怪談調で。

――落城の日になると、晴れの日でもお城のところだけ雲が垂れ込めて、具足や鉄砲の音が鳴り響いて、女性の悲鳴が聞こえてきて、里の人はみんな近づかなかったって。江戸時代の頃から、そう伝えられてきた筋金入りの怪談の地なのだ。心霊スポットだなんて軽い言葉で呼ぶのも憚《はばか》られる。

――掘る前にはちゃんとご挨拶《あいさつ》したほうがいいよ。

　もちろん、調査地に敬意を示すのは発掘屋の心構えとして基本だ。

　その遺跡で実際に生きていた過去の人々に「調べさせていただきます」という謙虚な気持ちなくしては、ただの荒らしになってしまう。

とはいえ、今回は特に、昔から恐れられてきた場所でもある。作業する者の気持ちにも配慮して、作業開始前に寺でお経をあげてもらったほどだ。そのおかげもあってか、今のところ、怪我や大きなトラブルは起きておらず、順調そのものだ。

「まあ、発掘道具も刃物といえば、刃物だからなぁ。隠されたのか、奪われたのか……。おまえ、昔っから霊感があるんだから、なんとかしろよ。十兵衛」

亀石が水を向けてきた。無量が驚き、

「え？　十兵衛さん、霊感あったんすか」

あまり知られたくなかった、という顔を、柳生は、した。

「……多少感じるだけだ。だからって、なにができるわけでもない」

「霊を説得して、返してもらってくださいよ」

「というか、霊のしわざと決めつけてる時点で変だろう」

「頼みますよ、十兵衛さん」

「おまえなあ」

そうこうしているうちに辺りは急速に暗くなってきた。秋の日はつるべ落としというくらいで、あっという間に夕闇に呑《の》まれる。もっとも残暑がきつくて、秋と呼ぶには少々早いが。

鬱蒼とした山林の陰には何かが潜んでいそうな雰囲気が充《み》ち満ちている。ひんやりとした風が首筋をわななかせ、柳生と無量もますます不安になってきた。けろりとしているのは、亀石だけだ。

「……ま、俺は、ほんとのところ、幽霊なんて信じてないけどな」

「さんざん怖がらせといて、それはないでしょ」

「信じなくても怖がらせることはできる」

「包丁なくした話も？」

「どっかにしまったのを忘れたんだろ」

それより亀石は一刻も早くビールが呑みたそうな顔をしている。

無量と柳生も呆《あき》れた。道具は見つけられなかったが、今日の所は引き揚げるしかない。

「続きは明日だ。早めに来て、探そう」

＊

柳生が奇妙な夢を見たのは、その夜のことだった。

夢の中で、柳生は八王子城にいた。しかもそこは発掘現場ではなくなっていた。御主殿の立派な屋敷が建っている。ちょうど今回の発掘区画である池のあたりだ。戦国時代とおぼしき装束の若い女性が、枯山水の庭石のそばに立っている。

よく見れば、その胸に、現場からなくなった手ガリを抱えているではないか。

夢の中の柳生は驚いて、声を発した。

――その手ガリ……、もしかして、隠したのは君なのか？

明らかに戦国時代の女性が手にする品とは思えない。しかも柄にはしっかり「亀石建設」の文字が入っている。

――なあ、それは君が持っていても仕方がないもんだ。返してくれないかな。

すると、女性は深刻そうな表情になった。

――形見を見つけてくださりませ。そうすれば、返してさしあげます。

――形見だと……？

柳生は意表をつかれた。

――それは、いったいどういうものなんだい……？

――祝言の時に夫から贈られたものにございます。

細面の青白い肌をした若い女性は、か細い声で告げてきた。

――水の中に落としてしまい、そのままになりました。

――殿とともに小田原城へ向かった夫の、たったひとつの形見にございます……。見つけてくださったら、こちらはお返しいたします。

柳生は困惑するばかりだ。

――その形見とは、何なんですか？

若い女は手ガリを抱えたまま、立ち尽くしている。やがて、ぽつりと、

――……ぶどうの鏡。

それだけ告げると、すう、と煙のように消えてしまった。

柳生が追いかけようとして、庭に足を踏み入れかけた……、ところで夢から覚めた。

気がついた時にはいつものベッドの上にいて、なぜか片足だけあげていた。

外はまだ暗い。時計を見れば、夜中の三時を指している。

体を起こして、大きく息を吐いた。

「おいおい……。なんだったんだ、今のは……」

夢とは思えないほど、生々しかったのだ。声も、しっかり耳に残っている。

小豆《あずき》色の紬《つむぎ》の小袖《こそで》をまとっていた。八王子のあたりは古くから養蚕と織物が盛んだったというから、地場産のものだろうか、などとぼんやり考え、いや、それどころではない、と我にかえった。

「……まいったな……」

＊

翌朝――。

柳生は発掘現場に向かう車中で、さっそく無量にゆうべの話を語って聞かせた。

さすがの無量も、ポカンとしてしまった。

「夢枕に立つってやつっすか。もしかして」

「カメのやつがあんなこと言うもんだから、頭の端にこびりついてただけだろうが」

女の姿も鮮明に覚えている。目はやや細めで鼻も小さく、木目込《きめこ》み人形のような童顔だった。ふわっとした声に棘《とげ》はなく、話し方も温厚だった。

「打掛は羽織ってなかった。袴《はかま》をはいていたから、戦に備えていたのかもな」

無量は笑わずに聞いていた。至極まじめな顔をして、

「……鏡って言ったんすか」

「おいおい。マジな顔すんな」

萌絵の前では「幽霊なんて……」と気にしない素振りの無量だが、亀石のような「信じない派」でもない。霊感はないが、ありえない話だからと単純には聞き流せない。

自分の右手のことがあるせいだろう。

「言われてみれば、陶磁器片や金物は出てるけど、鏡は出てないすね」

出土遺物は大量にあって、そのほとんどは皿などの陶磁器だ。舶載磁器の皿や天目茶《てんもくぢゃ》碗《わん》などに混ざって、武具の一部や鉄釘《てつくぎ》などの建材や銅銭などが、時々、出ている。

が、鏡はまだ、ない。

二十年前の調査でも約七万点の遺物が出ていたが、鏡は出土していない。日用品の出土は、皿や台所用品こそやたらと多いが、女性の所持品らしきものは、まだ、ない。木製品は落城の時に建物と一緒に燃えたか、燃えずに残ったとしても土に埋もれて分解してしまったか。どちらかなのだろう。

「夢に出てきた女の人の、ものなんすよね」

「旦那《だんな》さんの贈り物だそうだ」

「それを探してくれ、と」

無量は革手袋の右手を口元にあてて、考え込んだ。

「つまり、どこかに埋まってる鏡を俺らが当てないと、手ガリも戻ってこないってことすか。無茶言うなあ」

「真に受けるな。夢だぞ。ただの」

「でも、そのひとの大事なもんなんでしょ。もしかして、それが心残りで、この世に残っちゃってるとしたら」

「おいおい……。おまえもたいがいノリすぎだぞ」

「これも成仏のお手伝い的な」

「手伝いたいのは山々だが、探せと言われても、掘るとこは決まってるし、どこでも掘れるわけじゃないからなあ」

発掘は宝探しではない。

遺構を調べるのが、第一の目的だ。

「そういや、水の中に落としたって言ってたぞ」

「水……？　池ってことすか」

無量がいま掘っているのは、庭園跡の池だった場所だ。

「そこから鏡が出てくるだと？　まさか」

「これでホントに出たら、ヤバくないすか」

　夢枕に立った死者の言葉通りに出てきたことになる。柳生もぞっとした。

「それだけは勘弁してくれ」

「しかし、誰なんすかね。その女の人。お姫様？」

「さあ……。旦那は殿とともに小田原に向かった、と言ってたから、家臣の奥さんかもしれんが……」

　と言いかけて、柳生は我に返った。

「だから、おまえなあ！」

「はは。それより、手ガリ探しましょ？　無事見つかれば、その夢も、ただの十兵衛さんの妄想ってことで……」

　しかし、あいにく手ガリは見つからなかった。

　早めに現場に入り、改めて探してみたが、ない。

　トレンチの中の、遺構の陰にでもまぎれたかと思ったが、いくら探しても出てこなかった。

　作業前のブリーフィングでも皆に確認したが、心当たりのある者はいない。皆、返却したと答える。柳生と無量は釈然としないまま、作業にとりかかる羽目になった。

「やっぱ、土と一緒にネコで運んじゃったんじゃないすか……」

ネコとはネコ車、排土を捨てるための手押し一輪車のことだ。

排土は一ヶ所に集めて、小山のようになっているから、そこに埋もれているのかもしれない。となると、見つけるのは難しい。

「それならトレンチを埋め戻す時に出てくるはずだ。まあ、作業員がうっかり踏んだりして怪我なんかしないよう、引き続き注意深く見といてくれ」

「りょーかいっす」

再び作業が始まった。

この日はよく晴れて、久しぶりに猛暑日となった。

八王子城の御主殿は、遺構がよく残っている。落城の時の火災で、戦国時代の遺物を含む層は大体「炭」か「焼土」となっていた。焼土層より上は、基本的に遺物は出ない。重なりあっている遺構もなく、大きな攪乱《かくらん》もない。

つまり、落城後、この場所は四百年間、ほとんど手つかずだった証拠だ。

周りの村に残る伝説が示す通り、ここは忌み地だったのだ。

ただ北側の斜面から土砂が崩れていたようで、当時の遺構面は厚く覆われてしまったため、遺物が埋まる層までは深く掘らねばならず、結構な量の排土が出てしまった。

手ガリはそこに紛れ込んだのだろう、と無量たちは見た。

いま、発掘している場所は、庭園跡だ。

不定形の「池」の周りは、礫《つぶて》を積んで囲っている。近くからは背の高さほどもある巨石も出てきた。庭石と池と枯山水とがある、立派な庭だったらしい。

池のそばには砂利石を敷き詰めた道もあり、水路も出てきた。

無量は、タオルを頭に巻いたいつものスタイルで、池の中にうずくまり、しきりに手を動かしている。

「どうだ。無量。そっちは」

「なんかの植物の種がいっぱいっすね。炭化してるっすけど」

落城で燃えた遺構から、炭化した穀物や種実が出るのは、珍しいことではない。

ここでは過去にも「焦げた炭化米」が見つかっている。

「なんの種だ？」

「さあ、そこまでは」

「池に捨ててたとか？」

と柳生が覗《のぞ》き込んできた。

「炭化してるから、城が焼けてから流れ込んだもんじゃないすかね。こっちの水路からだと思いますけど」

答えながらも手は止まらない。愛用の両刃鎌でザッザッと音を立てながら、リズミカルに土を削る。手つきは一見、おおざっぱにみえるが、決して雑ではない。その証拠に力加減が絶妙だ。うっかりすると、土ごと種を転がしてしまいかねないから、慣れない者ならば、細かい作業向きのコテやナイフを用いるところだ。

「……そんなところすかね」

「ほかには？」

ああ、と無量は言わんとするところを察した。

「鏡は出てないすよ」

柳生は内心、期待していた。

「そっか……。ま、そうだよな。続けてくれ。なんか出たら声かけろよ」

「うっす」

午前中の作業は、炭化した大量の種との格闘で終わった。ちょっと数えただけでも数百にのぼる。

「こりゃ記録すんのも大変だ」

無量がぼやきながら、おにぎりに噛《か》みついた時だった。御主殿広場の入口に立つ木製の門から、聞き覚えのある声が聞こえた。

「西原《さいばら》くーん！　きたよー」

永倉萌絵だった。

この現場に姿を見せるのは初めてだった。

「何しに来たの？」

「何って、無礼な。進捗《しんちょく》状況をチェックしに来たんじゃない」

はい差し入れ、と萌絵が渡したのは、大きなスイカだった。

「今日は暑かったから、お菓子よりこっちがいいかなと思って。夏のおわりの甘さたっぷりなスイカですって。皆さんでどうぞ」

「包丁ないんすけど」

「そこにあるジョレンでぱっくりやればいいと思う」

「ジョレンはスイカを割る道具じゃない」

「よう、無量。手ガリは見つかったのかー」

呑気《のんき》な口調で亀石がやってきた。無量がすかさず「実は……」と声をひそめ、柳生の夢枕に立った女の話を聞かせた。

「まじか」

「つまり、道具を隠したのは幽霊だっていうの？」

ふたりとも顔が引きつっている。

「それで？　いま掘ってる池の跡から鏡は出た？」

「出てない」

「そ……そうか。だよね」

萌絵も胸を撫《な》で下ろした。これで本当に出土していたら、シャレにならない。

「けど、ここ御主殿の跡だし。誰かが実際住んでたなら、鏡のひとつやふたつ、出ても変じゃない」

「そうだけど……死んだ人の魂が夢枕に立って、出土を予知してくれるなんて、そんなことある？」

「ないことでもないぞ」

亀石が至極真面目な口調で言った。

「どういうことです」

「俺の友人で昔、エジプトの遺跡を掘ってたヤツが、夢のお告げで遺物を発見したことがあった」

「マジすか」

「マジだ。夢にファラオらしき男が出てきて、お告げ通りに掘ったらミイラが出てきた。他にも、夢で見た通りに遺物や遺構が見つかったっていう話は、たまに聞く。遺跡を発掘してるうちにイタコ並みに霊感が発達するんだろう」

萌絵はあっけにとられている。無量も不本意ながら、といった調子で、

「……まあ、イタコかどうかはともかく、たまーにその手の話は聞きますしね」

「そういうもの？」

「霊的な、ってよりも発掘勘の延長じゃないの？　単に夢のお告げって形で現れただけで」

「それだ。おまえの右手もその類《たぐ》いだと、俺は思うぞ」

「そーすかね……」

当事者の実感というやつなのだろうか。歴史ロマンにはアレルギーを起こす無量だが、お告げの話は否定しない。が、さすがの萌絵も懐疑的で、

「偶然とかじゃないんですか？」

いや、と亀石は首を振り、

「一概に偶然とも言えん。人間の脳ってやつは不思議なもんで、昼間に得た情報を夜中眠ってる時に処理するっていうしな。情報とは言葉だけじゃない。目で見たもの聞いたもの嗅《か》いだもの……五感で感じて、起きてる時はうまく結びつけられなかった物事が、寝てる間に脳内で整理されて答えを導く。一種の閃《ひらめ》きが、夢のお告げって形をとることはありそうだ」

「十兵衛さんにも今までにそういうことってあったんですか？」

「あいつか？　まあ、古墳を掘る時、たまーにあらぬ方向をじっと見てたりすることはあったが、さすがにお告げまではなあ」

ですよね、と無量も同意した。萌絵が食い下がり、

「でもでも十兵衛さんは霊感があるんですよね？　ほんとにお姫様からのメッセージだったらどうします？」

無量は「だから」と呆《あき》れ気味に答えた。

「探したくても、調査区以外を勝手に掘ったら怒られるでしょ。他に手がかりもないし」

「水の中に、って言ったんでしょ？　やっぱり池の中に落としたんだと思う。もう少し掘ってみたら出てくるかも」

「言われなくても掘るけど」

「がんばれ、無量。今度のツアーの成否はおまえの肩にかかってる」

「は？　だから、やめてくださいよ。ひとをあてにするのは」

「おまえがその鏡を掘り当てたら、今回のツアーの目玉になる。遺物を披露したところで、たいていの人間は『ほー』で終わるが、不思議エピソード付きだと食いつきが違う。人は物語に興味を示すんだ。夢枕に立ったお姫様の鏡、絶対出せよ」

「商売っ気はほどほどにしてくださいよ。お姫様に祟《たた》られるっすよ……」

そうしているうちに昼休みが終わってしまった。作業開始の時間だ。

無量も頭にタオルを巻き直して、トレンチに戻っていった。残された萌絵はスイカを前に困っている。お喋《しゃべ》りしていて振る舞うタイミングを失った。

「このスイカどうしましょう」

「仕方ないな。三時のお茶の時間にでも出そう。永倉、どっかで冷やしといてもらえ」

「はーい」

午後の作業が始まった。

無量は再び池の底を掘ることに没頭した。

その後も植物の炭化種は大量に出てきたが、鏡どころか、金属遺物はいくら掘っても見つからない。

　それでも無量の手は黙々と作業を続ける。やがて、あまりの炭化種の多さに追われ、鏡のことも忘れてしまった。

　一方、萌絵は差し入れのスイカを冷やすのに難儀していた。大きすぎて冷蔵庫には入らず、水で冷やそうと考えた萌絵は、あがってくる途中に沢があったことを思い出した。山の水は冷たい。冷やすにはもってこいだと思ったのだ。

　案の定、沢の水はひんやりしていて、スイカもよく冷えそうだった。

「けど、ちょっと浅すぎるか。どこか浮かべられそうなところは……と」

　大きなスイカを抱えながら上流へと歩いていくと、その先にささやかな滝を見つけた。二筋の流れが滝壺《たきつぼ》に受け止められ、さらにもう一段、沢へと落ちる。水量こそ少ないが、滝壺がやや深めの淵《ふち》になっていて、澄んだ水で満たされている。スイカを浮かべるのにはちょうどよかった。

「水も澄んでてきれい……。でもちょっと手が届かないか……。何かいい方法は……。そうだ。確か、管理棟に」

　萌絵は管理棟に引き返し、ロープを借りてきた。スイカを包む網にロープをくくりつけ、淵へと放り込んだ。どぼん、と落ちたスイカは、いい具合に浮かんでいる。

「よし。これならおいしく冷やせそう」

　休憩時間になった。

無量の担当する池からは、依然、鏡は出土しない。炭化種に手間取って、それどころではなくなった無量だ。山林の近くでいくらか涼しいとは言え、猛暑日の発掘は体力を消耗する。

「そういや、スイカはどうした？」

亀石が萌絵に訊《たず》ねた。萌絵はすかさずビシッと敬礼をして、

「下の滝のとこで冷やしておきました。今頃いい感じに冷えてるはずであります」

「下の滝？　って、おまえ……っ、あそこでスイカ冷やしたのか？」

は？　と萌絵は目を丸くした。亀石も慌てて、

「あそこは御主殿の滝だぞ！」

「え？　え？」

萌絵は目を白黒させている。亀石は顔を覆った。

「……落城の時、たくさんの女や子供が自害したといわれる滝だ」

「落城……自害……」

「滝の上で折り重なるように自害したらしい。あまりにたくさん血が流れたせいで、沢の水は三日三晩、血で染まり、下流で飯を炊くと赤く染まってしまったと」

「ごはんまで……っ」

「だから、里では毎年、落城した日に小豆《あずき》汁でお赤飯を炊く風習があったとか」

よりによって、そこで冷やすか……、と亀石も呆れている。萌絵は急いでスイカを引

き揚げるべく、亀石と一緒に滝へと駆けつけた。が……。

「ない」

そこに浮かべていたはずのスイカが、なくなっているではないか。

「ここにロープで結んでいたはずなんですけど」

「ほどけてるぞ」

と亀石が木にくくりつけたロープの端をつまんで、言った。

「流れちゃったんだ！」

慌てて下流に探しにいったが、どこにもない。城山《しろやま》川の水量はさほどではなく、ところどころで涸《か》れていて、たとえ流されたとしても、どこかで止まっていそうなものだったが――。

「ない。どこにもない。スイカなくなっちゃった！」

「おまえなあ……」

「うそでしょ！　せっかく重い思いしてもってきたのに」

「こりゃ、霊に持って行かれたな」

萌絵がギョッとして振り返った。

「スイカもですか？　手ガリだけでなく」

「慰霊碑もあるし、霊の皆さんがお供えものだと勘違いしたんだな。きっと」

萌絵も顔がひきつった。確かに石碑のようなものが立っているなとは思ったのだ。そんな落城悲話をもつ滝だったとは。

「待てよ？」

亀石が何か思いついた。何も言わずに元来た道を戻っていく。萌絵も後を追った。

「なんです？　スイカのありかが？」

「スイカじゃない」

御主殿の滝まで戻ってきた亀石は、先ほどまでスイカが浮かんでいたであろう滝壺を見下ろした。やがて膝《ひざ》をついて覗《のぞ》き込むような姿勢で、淵の底に目をこらしている。

「スイカ沈んでますか？」

「だからスイカじゃないって」

「なら、なにを」

「ここじゃないのか？」

「え」

「鏡、ここにあるんじゃないのか？」

亀石は真顔でそう言った。

「水の中に落としたって言ったんだよな。それは庭の池のことじゃなく、この滝壺かもしれないぞ。言い伝えでは滝の上で大勢自害してる。お告げにきた女性も、形見の鏡を肌身離さず持っていたかも知れない。だが、臨終の際にうっかり滝から落としてしまったんだとしたら？」

これには萌絵もびっくりした。

「……所長、幽霊は信じない派じゃなかったんですか」

「信じてないが、万一ということもある」

「まさか探す気じゃ」

亀石は地面に手をついて、しきりに淵の底を覗き込んでいる。鏡らしきものがないかと目を皿のようにして探した。

「だめだ。水に潜んないと、わかんないな」

「本気ですか！」

「ちょうどいいや」

亀石は頭を上げて萌絵に言った。

「無量をつれてこい」

＊

「スイカはどうしたんすか？　結構楽しみにしてたのに」

御主殿の滝まで呼び出された無量は、三時のおやつに出てくるはずのスイカがいっこうに現れないことが不満だったようだ。萌絵が必要以上にしかつめらしい顔をして、

「スイカは消えました」

「は？　消えた？」

「おそらく、夢枕の女性に持っていかれたものと思われます」

「ちょっ、え？　手ガリだけじゃなくスイカまで人質にとられたっていうんじゃ」

「スイカのためにも鏡を出さなければなりません」

そんなわけで、と萌絵と亀石が滝壺を指さして言った。

「ちょっと潜ってくれないかな」

「は？　なに言ってんのか、よくわかんないんすけど」

「鏡は池にあるんじゃなくて、この滝壺の底にあるのかもしれん。おまえ、この間まで水中発掘してただろ。ちょっと潜って見てきてくれないか」

これには無量も呆《あき》れてしまった。

「素潜りしろっていうんすか。タンクなくてもいいから、せめてダイビングスーツかマスク用意してくださいよ」

「用意すれば潜ってくれるのか」

「ちゃんと許可とれたら潜りますよ。ただし、契約条件には入ってないんでオプション料金で」

「スイカじゃだめか」

「A級発掘員《ディガー》を舐《な》めないでください」

「なら夕飯おごる」

「牛丼回数券。玉子つきで」

「いいだろう」

「素っ裸は嫌です。てか、ひとに押しつけないで自分で潜ってみてきたらどうですか」

「俺はかなづちだ。潜るのは無理」

「私も無理」

「なんなんすか、あんたたちは」

まあ、だが確かに「水の中」が「池の中」とは限らない。この滝に沈んでいる可能性も充分ある。無量もそう考えて淵《ふち》の底を覗き込んだ。水面は彼らがいる地面よりも、二、三メートルほど下にあり、水に入るならここから飛び込まなければならない。

「水遊びにはかっこうの場所っすね。地元の子供とかなら昔、知らずに遊んでたかも……」

水は澄んでいて、底のほうまでよく見える。が、見た限り、鏡のようなものが顔を覗かせている様子はない。うーん、と唸《うな》った無量がハッと我に返った。

「あ、ちょっと。鏡がある前提で話してますけど、ただの十兵衛さんの夢ですから」

「わかってるわかってる」

休憩時間が終わり、無量は現場に戻っていった。残された亀石と萌絵は、後ろ髪を引かれる思いで滝壺《たきつぼ》を見つめている。すぐそばには慰霊碑がある。供え物のワンカップと枯れた花が置かれている。

城跡の谷に流れる沢は、決して明るい雰囲気ではないが、木漏れ日が差し込む清流の趣もあって、まだ城にひとがいた頃は、さぞかし風情を感じる場所だったろう。

「この滝が三日も真っ赤に染まるほど、たくさんの人が自害したんですよね。さぞかし、むごい光景が広がっていたんでしょうね。今は想像するのも難しいけど」

「戦国の世の、一番過酷で残酷な光景のひとつだったろうな……」

本拠・小田原城にいた北条一族の主《あるじ》・氏政が、秀吉に降伏したのは、この八王子城の落城が大きく影響したという。難攻不落の八王子城が落ちたことで、それまでかろうじて抵抗を続けていた本城の人々も心が折れたとみえる。

氏照に至ってはおそらく妻子をここで失っている。たくさんの家来やその家族も討ち死にした。その心中は察してあまりある。

「亡くなった人たちは、どう思うでしょうか。ここを発掘すること……」

「そうだな。そっとしておいて欲しいと思う人もいるだろうが、ここで何があったかを後世の者に知って欲しいと思う人もいるだろうなあ」

滝の音が耳に優しい。暗い山間にあって滝の飛沫《しぶき》は一段と白く眩《まぶ》しく、見るものの心も洗い流すようだ。亀石が真顔になって呟《つぶや》いた。

「……真実を解明してたくさんの人に伝えることが、死んだ人の供養にもなるんじゃないかと、俺は思ってるんだがな」

「そうですね。だといいですよね」

しんみりと滝の音に耳を傾けていたふたりは、ふと顔を見合わせた。

「……それよりスイカはどこ行っちゃったんでしょう」

「仕方ない。スイカはお供えしたと思うことにしよう」

結局、この日の作業でも、夢枕の鏡らしきものは出土しなかった。

だが、奇妙な出来事は、再び起こったのだ。

＊

「あれ？　おはようございます、亀石サン。今日も来たんすね」

翌日のことだった。

八王子城の発掘現場に再び亀石がやってきた。今日はひとりのようだった。まだ午前中だったので、朝が遅い亀石にしては珍しい、と無量は思った。トレンチからあがって、近づいていくと、心なしか、亀石の顔色が悪い。

「どうかしたんすか？　二日酔いすか？」

「………。みちまった」

「は？　なにを」

亀石がいきなり無量の両肩を摑《つか》んで、揺さぶった。

「見ちゃったんだよ。夢枕の女……！」

ええっ！　と無量も目を剝《む》いた。亀石は珍しく動揺して、

「スイカの御礼を言われた」

「御礼、すか」

「ああ。だが、それはそれ。鏡を見つけてくれなければ手ガリは返さないの一点ばりだった。間違いない。きっと十兵衛が見たのと同じ女だ」

「ちょ……うそでしょ。十兵衛さん……ちょっと来てください、十兵衛さん！」

礎石建物跡を測量していた柳生が呼ばれてやってきた。経緯《いきさつ》を話すと、うそだろ、と驚いて、お互いの夢に出てきた女の特徴を照合しあった。

「……同じだ。まさか、おまえんとこまで出るとは」

「おいいい……、勘弁してくれ。俺まで巻き込むなよ」

「スイカが効いたな、こりゃ」

「そのひと、他になんか言ってなかったっすか？」

無量も思わず真顔で訊《たず》ねた。

「それが……例の鏡は、これくらいの掌《てのひら》に収まるくらいの手鏡だと言っていた」

「手鏡？」

ああ、と亀石は神妙な顔で言った。

「持ち運びができる携帯用だったらしい。どうしたらいいんだ、こりゃ」

「どうしたらって……見たのは亀石サンでしょ。責任もってくださいよ」

「やっぱり探したほうがいいんじゃないのか」

「ほんとに手ガリが戻るっていうんなら滝壺にも潜りますけど、夢に見たなんて理由じゃ発掘許可おりないでしょ」

「まいったな。霊感皆無のカメんとこにまで現れるとは、先方もだいぶ必死だな」

柳生も混乱しているようで、どう扱うべきか悩んでしまっている。

「てか、これどっちかっていうと、お寺に相談する案件じゃないんすか」

「お寺か……」

亀石はしばらく何事か考え込んで、ぽん、と手を打ち、

「それだ。そういう手があったかもな」

どういう手かは説明せず、亀石はスタスタと歩き出す。思いつくとすぐに行動へと移すタイプなのだ。

無量と柳生は顔を見合わせてしまう。

お経でも唱えてもらうつもりなのだろうか。

亀石はその日のうちに地元の寺院を訪ねていった。

先日、八王子城の発掘前供養を執り行ってもらった寺だ。年配の住職は新谷《しんたに》といい、城の歴史にも通じていて、法事のない日には八王子城跡でボランティアガイドもしている。

「昔から怪談の類《たぐ》いはいろいろありましたよ」

庫裏に亀石を迎えた住職は、茶でもてなしながら、城の伝説について語った。

「落城の日には叫び声や鉄砲の音が聞こえてくる……という話は昔からあるが、それが若いもんらに広まったのは、あそこに大学ができたせいですな」

いま、ガイダンス施設が建っている敷地のことだ。数年前まで美術系大学の校舎が建っていた。当時から心霊現象の噂が後を絶たず、「心霊スポット」として有名になってしまったのも、そんな学生たちの口から広まったものだろう。

「校舎内で武者の霊を見ただの、ホラ貝の音を聞いただの……、枚挙に暇《いとま》がなかったとか」

「もしかして、大学が移転したのも心霊現象のせいですか」

ははは！　と住職は明るく笑い飛ばした。

「いやいや、それは。単に手狭になったからでしょう」

「ですよね。しかし若い連中は、いつの時代もオカルトが好きだなあ」

自分も学生の頃はその手の雑誌に夢中になったことを棚に上げて、亀石は笑い飛ばした。

「だが、まじめな話、移転して建物が廃墟《はいきょ》になってた頃は、心霊スポットめあてにやってくる若い連中が夜中に騒いだりして、ちょっと問題になりました。今もたまに肝試しに来るものもいます。スリルを味わいたい年頃なのもわかるが、騒いだりゴミを散らかしていったり、マナーの悪いもんも多くて」

「あー……。そりゃ、ちょっと目に余りますね」

「史跡保護とか、えらそうなことを言いたいわけじゃないが、城で死んだ人々のことを思うとね、静かにそっとしておいてやってほしいんだ」

「同感です」

「城に関心を持ってもらえるのは良いことなんだが、場所が場所だということも、わきまえて欲しいよね」

　サッシの窓からは、八王子城のある深沢山《ふかざわやま》が望める。少し雲が出てきたせいか、山は薄暗く、いっそう物寂しくみえる。

「これも時代の流れでしょうかね。ネットで広がるんでしょう」

　亀石がいうと、住職は深くうなずいた。

「そうですね。八王子城の下に高速道路が走る時代ですから」

「ああ、圏央道《けんおうどう》」

「トンネル掘った後、一時は御主殿の滝も涸《か》れてしまったんです。ここにきてやっと戻ってきましたけど、まさかこんな山奥にまで開発の波がくるとは、思いもしなかった。日本中、どこにいても時代の流れからは逃れられないのでしょうなあ」

　愚痴とも感慨ともつかないことを呟《つぶや》いて、住職は遠い目をした。

「あの山の土にはたくさんのひとの血脂が染みこんでいるんですよ。その土の中を車がはよかった」
物凄《ものすご》いスピードでばんばん走る。不思議なもんです。それでも城跡が削られなかったの
「そうですね……」
「先祖代々、弔い続けてきた城ですから。怪談が伝わってきたのも、そういう土地だと
いうのを忘れないためなんでしょうから」
それも過去に対して謙虚であるための、ひとつの方法なのだろうか。
山を削って、たくさんの団地を作る。過去を断たれた土地の上に、過去を知らない
人々が移り住む。過去との断絶が茶飯事になっていく。そういう光景が目と鼻の先にあ
る。
この城は、怪談によって過去と繋《つな》がり続けられた城だとも言えるのかもしれない。
そんなことを考えながら、亀石が本題をもちかけた。
「……ところで、こちらのお寺は江戸時代初期の創建だそうですが、何か、八王子城に
関係する骨董《こっとう》品などは残っておりますでしょうか」
「うちかね。とはいっても、落城の後にできた寺だからね。そう多くはないんだが、麓《ふもと》
の家から預かった舶来の陶磁器なんかはあるよ。お殿様からもらったものだとかいう」
城主・氏照からの授かり品だ。一族と城兵はほぼ討ち死にしたというが、奉公人とみ
られる生き残りが幾ばくかはいたようで、このあたりではたまに見つかるらしい。
「他は、書状かな。発給状のようなものが、数通ありますね」

「つかぬことをお聞きしますが、鏡、などは？」

住職は首を傾げた。

「鏡かね？　そういったものは、うちには……」

「ないですか」

「うちにはないが」

住職はきれいに剃髪《ていはつ》した頭を撫《な》でて、記憶を辿《たど》るような仕草をした。

「深沢山から出た、そういう古いものを集めている檀家《だんか》さんなら、いますよ」

「檀家さんですか」

「言えば、いろいろ見せてもらえるんじゃないかなあ」

亀石は膝《ひざ》をぐっと前に進めて、武将のように厳《いか》めしく言った。

「お願いします」

*

住職が紹介してくれたのは、古くからこの地区に住んでいる檀家の年配男性だった。名は、古屋寛二《ふるやかんじ》という。

石材店を営んでいる。八王子城周辺は霊園が多い。昭和天皇の武蔵野陵《むさしのりょう》も近くにあり、ちょっとした霊園銀座《ぎんざ》だ。彼岸や盆が近づくと、霊園に押しかける墓参りの車で道路が渋滞してしまうほどだ。

古屋石材店は墓石を扱っており、墓参りシーズンになると客の休憩所も兼ねるので忙しくなるらしい。亀石が訪れた時も、その準備の最中だった。

「明日《あした》から彼岸の入りですからね。今日でよかったですよ」

古屋は仕事の手を休めて、亀石を奥へと案内した。石材屋らしく、そこここに墓石のサンプルからアニメキャラクターの石像まであり、亀石は興味深げに眺めた。

「このあたりに霊園が多いのも何か八王子城と関係あるんですか？」

「さあ、なくはないかもしれませんが、単純に山で、宅地開発されてない土地がたくさん残ってたせいでしょう。都心にはもうお墓を建てるスペースもないでしょうし」

「ですよね……。はは」

「実は、もう五十年も前に行われた八王子城の発掘にも参加してましてね」

「昭和三十三年の、ですか」

「はい。作業員としてですがね。調査の先生をこちらが案内したりしたもんですよ」

古屋は蔵から持ってきたという大きな箱をひとつひとつ畳に並べて、亀石の前で開けてみせた。

「山で遊んでいると、たまに遺物を見つけるんですよ。不思議な色をした茶碗《ちゃわん》の欠片《かけら》や皿を。それを集めるのが子供心に楽しくてね。雨が降った後は特に、土が流れて、よく見つかるんで、喜んで城跡に行きましたよ」

箱に入っていたのは、陶磁器の欠片やキセル、金属製の飾りに、鉄砲の鉛玉だ。

「子供時代の宝物ですわ」

「ほう……」

国史跡に指定されたのは、昭和二十六年。

落城からほとんど手が入っていなかったことから、当時の城の様子がよく残っている史跡とされてきたが、本格的な発掘調査などはなかなか行われなかった。

古屋少年にとって、そこで見つかる遺物の数々は単純に冒険心をくすぐる宝物だった。ちょっと掘れば出てくる、きれいな陶磁器の欠片や金属片は魅力的なお宝だった。

「これが大変貴重なものだと知ったのは、大人になってからですなあ。落城の悲しい話が、大きい歴史の流れの中で理解できたのも」

落城哀史は、子供の頃から何度も聞かされてきた昔話のようなもので、心と体に染みついているという。

「おどろおどろしい話も多いですよ。地元の人間にはいまだに生々しいんです。よそから来たひとは肝試しなんかをしたがるけれど、怖い話は身に染みついているので、あえてはあんまり……」

「そうなんですか」

「激戦地になった梅林には、腐った武具の残片なんかが散乱していたと言いますから。そりゃ地元の者は近よりたくないですよ。何百年経っても、まだ、こう、当時の臭いが残っているんでしょうな。……そうそう、こんな記事が」

古屋が見せてくれたのは、古い新聞記事の切り抜きだ。

「私が生まれた、昭和十二年のものです」

記事には、山頂付近から見つかった「大きな穴」のことが書かれている。

穴からは人馬の骨や装身具、武具や刀剣、炭化米なども出てきた。戦の後始末のために埋めたものではないかという。鏡やかんざし、お歯黒壺《つぼ》なども見つかっていた。

「鏡……ですか」

「まあ、それは落城の前のものかもしれないようだが」

「ほかに鏡が出たことは？」

古屋はあごに手をかけて、思い出そうとした。

「ちょっと記憶にないな。小松《こまつ》コレクションにも鏡はなかった」

「小松コレクションとは？」

「本格的な発掘調査が入る前から、貴重な遺物を根気よく採集していた先生がいるんだ。いまは郷土資料館に寄贈されているよ」

亀石は素早くメモをとった。

「……深沢山のあたりは遊び場だと仰《おっしゃ》ってましたが、御主殿の下にある沢でも？」

「沢……？　ああ、城山川」

「御主殿の滝のあたりでも遊んだことがあるようなら、滝壺で何か見つけたりは……」

まさか、と古屋は両手を振って否定した。

「あそこではさすがに遊べませんよ」

「あ……。そうなんですか。そうですよね、さすがに」

「ええ、地元の子供はあそこでは」

「さすがに遊べませんよね。たくさんのひとが自害したところでは」

「いや、ヒルがいるんです」

「は？」

「あの沢にはヒルがいるんですよ。だから、地元の子供は遊びません」

かまれて血を吸われるので、沢には入らないのだという。

亀石は拍子抜けしてしまった。と、同時に「あぶない、あぶない」と内心焦った。あやうく無量を素っ裸で飛び込ませるところだった。

「……あ、でもヒルというのは普通、水の汚れた沼なんかにいるもんだと」

「はい。あの沢は見ての通り澄んでて、本来はヒルなどいないはずだが、この城で死んだ城兵の血がヒルになったという伝説が」

「伝説」

「他にも、子持ち蜘蛛《ぐも》とか」

このあたりのクモは「子持ち蜘蛛」が多いという。これも、自害した婦女に子を抱えた者がおり、その無念により化身したものだとも伝えられている。

「八王子城の七不思議……的な」

「落城した土地ですからね。ここは」

だが、ヒルを理由に人が近づかないとしたら、やはり、あの沢にはまだ遺物が残っている可能性もある。装備さえしっかりすれば、ヒルに襲われることなく調査できるかもしれない、と亀石は算段した。

「わかりました。ありがとうございます。郷土資料館にちょっと問い合わせてみます」

「お探しの鏡には、なにかあるんでしょうか」

亀石は答えを濁した。夢枕に立った戦国時代の女性に頼まれた、などとは言えない。

「ちなみに古屋さんはお城で心霊現象にあったことなどは……？」

「私はありません。でも祖母は子供の頃、落城した日に、鉄砲の音や人の叫び声を聞いたことがあるそうです。たまにお城で死んだ子供が家にいたりもしたそうですよ」

「この家にですか」

「座敷わらしのような感じですね。うちの裏手に城山川が流れてるんですが、そのせいですかね。毎年、彼岸の頃になると現れて、よく一緒に遊んであげたそうです」

亀石はぞわっとした。

「御主殿の滝から流れてる川、ですよね」

「そうです。川の水でご飯を炊いて赤くしたのは、うちの先祖だったそうです」

セピア色をした物語が突然、目の前で高解像度の現実になったような思いがした。

「ちなみに、この床柱の辺りに立っていたそうです」

わ、と亀石はすぐ背後にある柱を振り返った。

「この柱ですか」

「霊も人恋しくなることがあるのかもしれません。祖母が、どこから来たのかと聞くと、お城のほうから、と答えたそうなので、おそらく」

落城で命を落とした子供が、成仏できず、座敷わらしになって出てきたらしい。これまた不思議な話だ。そういう話が当たり前にあるところが、いかにも落城伝説のある地域ならでは、だと亀石は感心した。

「まあ、子供の頃の話だそうですから、どこまで本当かはわかりませんが……」

と、そこまで言って古屋はハッと気がついた。何か思い出したようだ。

「そういえば、祖母の遺品にその話にまつわるものがありました。ちょっと待っていてください」

いうと、古屋は一度、奥へと引っ込んだ。

数分経って戻ってきた時、その手には掌《てのひら》ほどの大きさの桐箱がある。

「これが祖母の遺品です。文鎮なのですが」

拝見します、と言い、亀石は蓋《ふた》を開けた。

中に入っていたのは、丸い蓮華《れんげ》様の縁取りがある銅製の文鎮だ。

中央には「鈕《ちゅう》」（つまみ）と呼ばれる部分が盛り上がっていて、裏側は滑らかに研磨されている。表側には、植物の文様が同心円状に鈕の周りを飾っていた。

「この文鎮には謂《い》われがありまして」

「それはどんな？」

「祖母が子供の頃、例の座敷わらしからもらったものだという」

亀石はギョッとして文鎮を落としそうになってしまった。

「幽霊からもらったんですか！　これを」

「はい。座敷わらしが『遊んでくれた御礼に』と言って祖母に残していったものだと。

本当かどうかはわかりませんが、亡くなるまで大事にしていました」

「……文鎮……？　いや、これは」

亀石は気づいた。

「これは鏡ですね」

「鏡？」

「はい。元々は鏡として作られたものを文鎮に使っていたようです。たまにあるんです。

古い鏡を文鎮にする例が」

「そうなんですか。文鎮にしては薄いなとも思っていたんです」

「ちょっと待ってください」

亀石は文鎮の鏡をなめるように観察して、あることに気づいた。

「葡萄《ぶどう》文……。この文様は葡萄ですよね」

「はい」

背面には鈕を囲むように葡萄の実と葉と蔓《つる》の模様が浮かんでいる。亀石は柳生の夢に出てきた女の言葉を思い出した。

——ぶどうの鏡……。

あまりの符合ぶりに亀石は鳥肌が立ってしまった。

「まさか、この鏡が……」

古屋には亀石が何をそんなに戦慄《せんりつ》しているのかが、わからない。

どうかなさいましたか？　と問われて亀石は答えた。

「すみません。古屋さん。ちょっとお借りしてもよろしいですか」

「……はあ」

「もしかしたら、これかもしれません」

亀石は桐箱の中に収めた文鎮鏡を見下ろして、興奮気味に言った。

「これを返してみるんです！」

はあ？　と古屋が素《す》っ頓狂《とんきょう》な声をあげた。

＊

「おいおい。まさか本気にしてるのか、カメよ」

翌日、柳生は再び現場に現れた亀石を見て、あっけにとられた。

彼岸入りで賑《にぎ》わう霊園からやってきたかと思う出《い》で立ちだ。手には桶《おけ》と線香と花を持つ亀石は、きりりとした黒い礼服を身に纏《まと》っている。付き添う萌絵も両手に供物の果物カゴとおはぎの箱を抱えている。

「夢枕に立たれてしまっては、こちらも何もしないわけにはいかないだろ」

「しかし本当にあったんだな……。ぶどうの鏡」

古屋の祖母へ、座敷わらしが御礼に渡したという曰《いわ》く付きの鏡だ。

「つまり、その座敷わらしが城から鏡を持ち出したってことか？　何者なんだ」

「さあな……。夢に出てきた女の子供だったとか？　母親に断りなく鏡を持ち出して、母親は『鏡をなくした』と思ってしまった……とか？」

「座敷わらしの話も信じるんすか」

横から無量が口を挟んだ。

「ほんとにその鏡、霊からもらったって……」

「うん……。まあ、そこは難しい。座敷わらしと会ったのは子供の頃だというし。そもそも俺は、座敷わらしは子供のイマジナリーフレンドのことだと思ってる」

「イマジナリーフレンド？　なんです？　それ」

「子供が頭の中に住まわせている想像の友達のことだ。幼児期にたまに見られる現象で、本人はその非実在の友達とお喋《しゃべ》りしていたり、見えたりしてるような言動をとるので、他人からみれば幽霊と話してるようにも見える。想像とはいえ、本人の認識ではちゃんと存在してることになってる」

「でも鏡は実際にありますよ。頭の中の想像の友達が、鏡を渡したんですか？」

「本当は自分で見つけたんだろうが、想像の友達に見つけてもらった、と思い込んだのかもしれん。古屋家の裏には沢もあるしな」

亀石は御主殿の滝にある慰霊碑の前に、花と供物を手向けた。

「けど、そんなこと言いつつ、こうして供養してるってことは、亀石サンも霊を信じてるってことじゃないすか」

「どっちでもいい。供養する心が大事だ」

「そうすけど」

「いいから黙って、おまえも手を合わせろ」

亀石は慰霊碑の前に「ぶどうの鏡」を置き、線香の束に火をつけた。風に煽《あお》られる炎に苦戦しながら、ようやく束の先が赤く燃え始めた。

「……だって本当に葡萄文の鏡があったんだぜ？　これもなにかのご縁だろ」

亀石にならって、柳生と無量と萌絵も、合掌した。

線香の煙がゆっくりとたなびいて、御主殿の滝のほうへと流れていく。深みのある沈《じん》香《こう》のかぐわしいにおいが、辺りに漂った。

合掌を解いて、柳生は慰霊碑を眺めて言った。

「これで手ガリが戻ってくれば言うことないんだが」

「どうすかね」

無量は半信半疑だ。

「ま、たぶん排土からひょっこり出てくるんじゃないかと思いますけど」

「気持ちの問題だ」

「しかし、オカルト信じないおまえがここまでやるとはな」

と柳生は呆《あき》れ半分で亀石を見た。

「大方、それもヒストリーツアーのネタにでもするつもりだったんだろう」

「しっ。黙ってろ」

「下心丸出しじゃないですか。所長」

「ちがう。手ガリを見つけるためだ」

「またそんなこと言って……」

かつて数々の悲劇が起きた滝も、いまは涼やかな音を立てている。飛沫《しぶき》が風に流れ、澄んだ水は溜《た》まって水鏡となり、樹木の影を映している。秋気の濃くなった城跡にはハイカーたちがやってくるようになっていた。

いまは穏やかな行楽地だ。

木々の濃緑は褪《あ》せていき、やがてそれぞれの秋色をまとい始める。

発掘作業も滞りなく、進んでいった。

結論から言えば、手ガリは排土からも出てこなかった。

池の調査が終わり、トレンチを埋め戻す作業をしながら、土に道具が混ざっていないか確認したが、そこには埋もれていなかった。

「こりゃ始末書書かされるかな」

しかし、どこに紛失したのか。

無量も頭を捻《ひね》るばかりだ。あの日、関係者の他に部外者の出入りはなかったし、作業員がうっかり持って帰るようなものでもない。私物にしようとする不届き者がいたとしても、そうまでする金銭的値打ちがあるとも思えず、迷宮入りしたまま、作業は終わるかに見えた。

＊

そんなある日のことだった。

知らせは意外なところからやってきた。

「夢に見た？」

そう訴えたのは、現地説明会の打ち合わせで現場にやってきた萌絵だった。

萌絵は興奮しきりに、柳生と無量に訴えた。

「うん、夢に出てきた！　八王子城のお姫様が！」

柳生と無量は思わず顔を見合わせてしまう。……まさか、と思った。

「例の夢枕に立った手ガリの女？　おまえの夢にまで出てきたのか」

「うん！」

「なんて言ってた？」

「返すって」

萌絵は鼻息も荒く訴えた。

「〝鏡は受け取ったので手ガリは返します〟って言ってたよ！」

柳生と無量は、あっけにとられた。

あの日、供物とともに捧《ささ》げた鏡は、その後、ちゃんと持ち主である古屋のもとに返却した。鏡を捧げたのは形ばかりだったが、気持ちは伝わったということか。

「しかし、返す……と言われても」

困惑してしまう。どうやって返しに来るというのだ。

「まさか本人が枕元に直接置きに来るっていうんじゃないだろうな……」

「やめてくださいよ。寝れなくなるじゃないすか」

「他には？　何か言ってなかったか？」

真剣に訊《たず》ねてしまうあたり、ふたりとも重症だ。

「それだけです」

聞けば、夢の中で萌絵は御主殿の滝にいて、慰霊碑の前にその女性が立っていたという。返す、とは言っていたが、その手に道具は持っていなかった。

「それ単なる願望夢なんじゃ……」

「そ……そうなのかな……」

確認のため慰霊碑のところまで行ってみたが、何もなかった。

ちょうどそこにやってきたのは、新谷住職だった。

八王子城のボランティアガイドでもある新谷は、ハイキンググループをつれて頂上にある本丸まで案内していたという。年配女性のハイカーたちをひきつれて、最後に御主殿へとやってきたところだった。

法要で面識のある柳生が手をあげて、呼びかけた。

「ご住職、お疲れ様です。今日もガイドですか」

「ああ、今日は午前と午後、上まであがるよ」

「健脚ですね」

「そうでもないと、ボランティアガイドはつとまらんよ。……ああ、そうだ。これを渡そうと思っていた。これ、君らのとこのじゃないかい？」

新谷住職がリュックからとりだしたものを見て、柳生と無量と萌絵が「あ！」と大きな声をあげた。

「手ガリ！　うちんとこの手ガリじゃないすか！」

柄には「亀石建設」と記されている。紛失していた手ガリだった。

「ど、どこにあったんですか！」

「やっぱりそうか」

「もしかして、ご住職が持っていたんですか？」

いいや、と新谷住職は首を横に振った。

「八王子神社にあったんだ」

三人は驚いた。山頂曲輪《くるわ》のひとつ下、中の曲輪に建つ神社だ。

「頂上の近くにある神社ですよね。なんでまた、そんなとこに」

「それが……さっき行ってみたら、こんなふうに社殿の前に置いてありました」

新谷住職はカメラで撮った画像を三人に見せた。

賽銭《さいせん》箱の横にまるでお供えのように置かれているではないか。

「昨日、あがった時はこんなものはなかったよ。今日一番に登ったのは多分、我々のグループだと思うんだが……」

「なら、ゆうべのうちにこれが置かれたということですか」

麓《ふもと》にある御主殿でなくなった手ガリが、なぜ山頂近くで見つかったのか。

不可解としか言いようがない。誰かのいたずらでないとしたら……。

「やっぱり、夢枕に立ったあの女の人が……」

「まさか、今朝の夢はこのこと？」

萌絵と無量と柳生は、それぞれ顔を見合わせて、ぞーっとしてしまった。

――鏡は受け取ったので手ガリは返します。

「本当に返しにきた……っ」

「ひー！」

三人が震え上がったことは言うまでもない。


こうして、手ガリ紛失事件は真相不明のまま、解決をみた。

そのことを亀石に話すと、亀石は怖がるどころか喜んだ。ヒストリーツアーで披露するための、印象深いエピソードがまたひとつできたと、ほくほくしている。

次の調査場所であるアシダ曲輪の試掘作業を眺めながら、亀石がせっつくように言った。

「この調子で八王子城発掘の七不思議ができるかもしれん。他には何かないのか」

「ないっすよ。ないない」

無量は素っ気なく言うが、内心はちょっとドキドキしている。柳生も、重機の入ったトレンチを眺めながら「不思議なこともあるもんだな」と感慨を深めている。

「いくらなんでもタイミングがよすぎる。本当に死んだお姫様が隠したんだろうか……」

「まあ、古いものを発掘していれば、こういうこともあるさ。そういうもんだろ」

亀石はさっぱりしたものだ。ひとに対してオープンでウェルカムな亀石は、それが生きているものでも死んだものでも、あまり大差はないのかもしれない。

「さーて、上の土も引っぺがしたし、そろそろ作業にとりかかるか」

「十兵衛さん……」

不意に無量が呼んだ。見ると、無量はやけに神妙な顔つきになって、あたりを警戒するように構えている。

「どうした？」

「なんか、さっきからあのへんに変な気配感じるんですけど……」

無量の視線は山林の奥へと向けられている。人影などないはずの斜面だ。亀石と柳生は、どきり、とした。

「お、おい……、なんだ無量。変な気配って」

「なんかが、こっちをじっとみてる……」

「お、おまえ霊感なかったんじゃないのか」

無量は身じろぎもしない。正体のわからない緊張感が漲《みなぎ》った。そのときだ。

わ！　と三人の背後から大きな声があがった。作業員たちだ。

「おい！　そっちいったぞ！」

「え？」

振り返ると、斜面のほうから黒い影がふたつ、飛び出してきた。それらは地を這《は》うように突進してきて隣のトレンチのすぐそばを横切っていったではないか。

「なんだ、あれ！」

「猿だ！　猿が出たぞーっ！」

テントのほうへとまっしぐらに走ってきた猿は、無量たちの目の前で、テーブルの上に置かれていたバナナをふたつ、ひっ摑《つか》むと、再び斜面のほうへと引き返していく。

「おい、猿にバナナとられたぞ！　追え！」

「おっかけろー！」

無量たちはぽかんと口を開いて、立ち尽くしてしまっている。ほんの一瞬の出来事で、なにが起きたのかわからない有様だ。あー……と横から口を挟んだのは、市の職員で調査担当をしている学芸員だった。

「野生の猿ですねえ。このへん、結構いるんですよ」

「猿！」

「って、ここ東京じゃないんですか⁉」

「高尾山からこのへんにかけては、ニホンザルの群れがいるみたいで、たまーに里におりてくるんですよ。彼岸が近くなると、霊園のお供え物なんかを狙って」

「マジですか」

猿たちは発掘作業で人が集まっていることも見ていて、テントに食べ物が並ぶのをずっと待っていたのだろう。

「あ、また！」

今度は反対側から尻《しり》の赤い猿が現れて、道具入れのバケツをあさっている。中から移植ゴテを引っ張り出していた。

「こらー！　いたずらするなー！」

追い払うと、驚いた猿はバケツごと倒して、山へと一目散に逃げ出してしまった。

無量と柳生たちは「これは……」という顔で、お互いを見た。

「もしかして、手ガリをもっていったのも……」

「あー……」

腑《ふ》に落ちるやら、脱力するやらで、三人の周りには惚《ほう》けた空気が漂った。

幽霊の正体みたり、とは、このことだったかもしれない。

そうしているうちに、城跡の山も秋の気配が濃くなっていく。

土に埋もれた歴史をひとつひとつ、その手でとりあげて、発掘師たちは過去の人々と対話する。

それを見ているのは、猿たちだけではない。

死者の魂たちも、きっといっしょに見つめている。

決戦はヒストリーツアーで

「突然だが、第一回コーディネーター試験を行う」

亀石《かめいし》がそんなことを言い出したのは、三日前のことだった。

終業間際の事務所は、しん、と静まりかえった。

──相良《さがら》、永倉《ながくら》。今週末は空いてるか？

と亀石が訊《たず》ねてきたので、忍《しのぶ》と萌《も》絵《え》は顔を見合わせた。空いてますよ、とふたりが答えたところ、返ってきた言葉がそれだった。

「コーディネーター試験って！　今週なんですか」

心の準備ができていない。しかし、この試験はあくまで事務所内試験だから、あらかじめ日時が決まっていたわけではない。亀石がやるといえば、やる。

「ああ、そうだ。土曜の朝八時に駅前ロータリーに集合な」

それだけ言うと、亀石は帰っていってしまった。置いていかれた忍と萌絵は、ぽかん、としたまま、机の前に立ち尽くしてしまった。

「そ、そんなに急に言われても……」

発掘コーディネーター試験。

それは亀石発掘派遣事務所内で執り行われる、プライベート資格試験だ。

発掘調査などのコーディネートを一手に請け負うのが仕事だ。一応、人材派遣会社であるカメケンは、守備範囲も広く、発掘調査全般のみならず、文化財修復やセミナーの開催など、埋蔵文化財に関わることならばなんでも引き受ける。

一口にコーディネートとは言っても、簡単にできる仕事ではない。

歴史の基礎知識はもちろん埋蔵文化財の発掘調査、復元修復作業、文化財行政に至るまで、それはそれはたくさんの知識がなくてはつとまらない。

コーディネーターには一定水準以上の知識が求められるから、カメケン内に設けた資格試験に合格することがその仕事につく条件だった。

だが、赤字すれすれの今のカメケンでは、コーディネーター資格者に支払う高給が、ふたり分はとてもまかなえないので、当面ひとり、と決められている。

その座をめぐって、萌絵と忍は相争うライバルとなった。

……のだが。

「このところ忙しくて、試験があることも忘れてたわ……」

「僕もだ」

当人たちもこの有様だ。

しかし、試験をやると亀石が言い出したからには、気を引き締めねばならない。

どちらがよりコーディネーターにふさわしいか。

「ま、まけませんよ、相良さん」

萌絵は精一杯、虚勢を張った。忍はにこやかに受け止め、

「お手柔らかに。永倉さん」

と朗らかに言って「じゃ、お先に」と爽《さわ》やかに帰っていく。まるでライバルとも思われていないこのリアクションが、萌絵にはこたえる。それはそうだ、と頭を抱えてしまう。人としてのスペックがあまりにちがいすぎて、途方にくれる。

ただの資格試験ならば、競争などしないですむのだが……。

「理不尽すぎる……」

萌絵は机に突っ伏した。

「しあさって……か。どういう試験なんだろ」

面接か、筆記か。それとも実地？

事務所ではなく駅前に集合、というのが気になる。発掘現場で何かをやらされるのだろうか。測量器の使い方を試されるとか？　それとも博物館に行って、展示品についてあれこれ問題を出されるのだろうか。

「ああ、まずいー……。どこからどう予習しておけば……」

試験内容がまったく予想できないのが、つらい。これでは傾向と対策も練れないではないか。せめて行き先だけでも教えてくれたなら。

だが、そこは萌絵。試験のヤマカンにかけては、少しばかり自信がある。

萌絵は静かに自分を奮い立たせた。

「やったる……。所長の性格と性癖をプロファイリングして試験問題のヤマかけたる」

＊

試験当日となった。

駅前のロータリーに午前八時。この日ばかりは寝坊もせず、集合場所に到着した萌絵は、そこに群れている年配男女の集団を見つけた。皆、リュックをしょったり斜めがけバッグをかけたりして、足下は軽快なスニーカーを履いている。どこかの「あるけあるけ会」の皆さんかと思っていたら——。

「おう、きたか」

その集団の中には亀石がいるではないか。

「おはようございます。これは？　お知り合いでもいたんですか」

「ばか。今日一日、ごいっしょする皆さんだろう」

「は？」

と萌絵は首を突き出した。

「あの？　今日は試験なんですよね」

「ああ、そうだ」

「私と相良さんの試験に、この方々がご一緒するんですか？　それって一体」

すると、そこへ駅のほうから忍と無量《むりょう》がやってきた。

「おはようございます。所長」「おはよっす」

ふたりは私服で、ジャケット姿の忍はともかく、無量は黒ジャージにサンダル履きという、まるで近所のコンビニにいくような気の抜けた格好をしている。

「なんで西原《さいばら》くんまで？　ああ、相良さんの見送りにきたの？」

「こいつは試験官だ」

と亀石が言った。萌絵は「は？」と再び首を突き出した。

「いまなんて」

「だから試験官だって。俺といっしょに試験に立ち会ってもらう」

「なんで西原くんに！」

「あの、所長。この方たちは？」

忍も不思議そうに見ている。見るからに行楽地に出かけそうな出《い》で立ちの年配男女は、全部で十人。和やかそうにして何かを待っている。

「今日はこの方々をおまえたちふたりに案内してもらう」

「は？　案内？」

「要するにガイドだ。バスガイドになりかわり、これから訪れる史跡について、おまえたちふたりにガイドしてもらう」

忍と萌絵は驚きの声をあげた。

「ガイドするんですか？　このご婦人方を？」

「私たちが？」

「そうだ。これがカメケン名物コーディネーター資格の第一次試験だ。今日一日、このど素人のおばちゃんたちに、よりわかりやすく、正確にガイドできたほうが勝ち点2を得る」

「勝ち点2って……。つか、発掘コーディネーターにガイドのスキルは特にいらないと思いますけど！」

「なんで」

「なんでって……そもそもコーディネーターは専門職の人材を相手にするもんじゃないですか。旅行ガイドする必然性がどこに」

「ある」

亀石は萌絵の反論をぴしゃりと封じた。

「これから回る史跡をガイドしてもらうことによって、おまえたちの歴史知見を見させてもらう。専門書の言葉でなく、おまえたち自身の言葉で、初めて歴史に触れる者にも簡潔に伝わるよう説明する力があるかどうか。畑違いの人間が集まるプロジェクトを円滑に回すためには、コミュニケーション能力も必要だからな。それだけではない。これはプレゼンテーション能力の審査でもある。歴史的価値とそれをどう見て楽しむかを、プレゼンする。提示能力はコーディネーターには必要不可欠だ」

まずい、と萌絵はすでに冷や汗をかいている。その「わかりやすく伝える」というやつが、萌絵には最も苦手とするところだったからだ。

しかも一切予習なしとは。

「おおっと、スマホで調べるのはナシだ。俺が預かる」

ふたりのスマホは亀石に取り上げられてしまった。これではネット検索もできない。せめて行く場所が事前にわかってさえいれば、前もって原稿を作っておくこともできたのだが。

「亀石さーん、バスきたわよー」

年配のご婦人方が明るい声で手招きした。チャーターしたマイクロバスが到着したところだった。

「はーい。……ああ、紹介が遅れたが、こちらのご婦人方は、うちの実家の町内婦人会の皆さんだ。今日は年に一度の日帰り旅行なんだから、ちゃんと楽しませるんだぞ」

そう言っているそばからご婦人方はさっそく忍と無量に食いついている。萌絵はますます後手に回った感がある。

「さあ、出発しますよー。バスに乗ってくださーい」

亀石の号令を聞いて、年配女性たちは次々と乗り込んでいく。ガイドの旗を渡された萌絵は、顔を引きつらせている。

イヤな予感しかしない。

＊

町内会のご婦人方を乗せたマイクロバスは、意気揚々、出発した。

最初にマイクを握ったのは、亀石だった。

「本日はカメケン主催・歴史発掘日帰りミステリーツアーにご参加いただき、ありがとうございます。旅のしおりにありますように、行き先は一切、謎。次にどこに向かうかもわからない、エキサイティングかつミステリアスな日帰り旅をご用意しました。ガイドをしますのは、このふたり。当事務所のホープ、永倉萌絵と相良忍が皆さんにわかりやすく面白い歴史発見のお手伝いをいたします。なにとぞ、よろしくお願いします」

流ちょうに仕切る。ご婦人方からは大きな拍手があがった。

そして一番後ろの席でふんぞりかえっているのは、無量だ。いかにも審査官の顔をして、鷹揚《おうよう》に手を叩《たた》いている。

「え……えらそうに……っ」

萌絵は先頭座席でわなわなと震えた。

「なんで西原くんが審査役なんてしてるんですか」

「そりゃまあ、うちのエース発掘員《ディガー》だから……かなあ……」

「西原くんは発掘のエキスパートかもしれないけど歴史のエキスパートとは限りません

よ」

「はは。それならそれで、普通にお客さんとして判断できるんじゃないかな」

忍は呑気《のんき》なものだ。無量には甘い顔をする。余裕ともいえるが、そもそも無量びいきだ。無量も忍びいきだ。萌絵の危惧《きぐ》はそこにある。無量は当然、萌絵より忍を応援するに決まっている。当然ジャッジも忍びいきになるだろう。

こんなにわかりやすい負け戦が他にあるだろうか。

頭を抱えている萌絵の横で、亀石所長が揚々とマイク芸を披露している。流ちょうなしゃべりはいかにもスピーチ慣れしていて、小気味いいくらいだ。

婦人会の年配女性たちは、早々におやつ交換を始めている。萌絵たちのテストであるとは知らないお客さんたちにとっては、楽しい遠足だ。

緊張する萌絵を乗せて、走ること四十分あまり。

亀石が再びマイクをとった。

「……さて、そろそろ、バスが最初の目的地につくようです。では、歴史ガイドを始めたいと思います。まずはカメケンきってのホープ。相良忍」

ご婦人方が途端に色めき立った。盛大な拍手があがった。

忍はぽかんとしている。

「ガイドって、なにをガイドすればいいんですか」

「えー、これから向かう場所は、高幡不動《たかはたふどう》。今から巡るのは、新撰組《しんせんぐみ》ゆかりの土地です。

相良君、新撰組と多摩《たま》の関係について説明したまえ」

新撰組！　と身を乗り出したのは、萌絵だった。思わず手を伸ばし、

「はいっ……はいっ。私、それなら答えられます！」

「おまえはだめだ。永倉。説明するのは相良だ」

亀石は忍にマイクを押しつけた。恨めしそうな萌絵を尻目《しりめ》に、忍がガイドを始めた。

「では僭越《せんえつ》ながら……。新撰組をご存知の方ー」

と挙手をうながすと、ご婦人たちは全員、手を挙げた。

「ありがとうございます。幕末の京の都で活躍した、幕府方の浪士集団です。その頃、京都は幕末維新の中心地だったのですが、とても物騒な町でした。尊皇攘夷《じょうい》というスローガンのもと、過激な活動をしている志士が暴れ回っていました。そこで町の治安を守るため、幕府方──正確には、京都守護職だった会津《あいづ》藩のお殿様が、不逞《ふてい》を働く輩《やから》を取り締まるため、新撰組を発足させたわけです」

小難しくならないよう、嚙《か》み砕いて語っている。普段の忍なら、専門用語をバリバリ使って理路整然と説明するところだ。相手の理解度に合わせて話せるところが細やかで心憎い。萌絵も聞き入ってしまったほどだ。

「多摩が新撰組のふるさとと言われる所以《ゆえん》は、局長の近藤勇《こんどういさみ》が調布《ちょうふ》、副長の土方歳三《ひじかたとしぞう》が日野《ひの》の出身だったためです。天然理心《てんねんりしん》流の道場・試衛館《しえいかん》は、江戸にありましたが、多摩のほうにも門弟が多く、たびたび出稽古《でげいこ》にやってきていたと伝えられます。当時は武士

でなくとも剣を習うことが嗜《たしな》みになっていたようで、農村の人たちも――」

すらすらとよどみなく、言葉が出てくるところは、さすが忍だ。

もちろん、萌絵もそのくらいは知っていたが、いざここまで流ちょうに語れるかといえば、自信がない。ちらり、と後部座席を見ると、歴史うんちくに無関心な無量まで興味深そうに身を乗り出して聞いている。

「……ちなみに日野の土方さんたちの中には、『土』の字の右側に点を打つ、珍しい漢字を使っている方々がおられます。言い伝えによれば、苗字《みょうじ》が土方だらけなので、どこの土方かを区別するために、土方歳三がそれぞれの家の『土』に点をつけたんだそうです。前の職場にいた『〝土〟の字の右上に点がある土方』さんが、そうおっしゃってました」

そんな「小耳に挟んだとっておき情報」まで盛り込んでくる。

そつがないやら隙がないやらで、萌絵は、頭ごと、座席にめりこみそうになった。

勝てる気がしない。

「よくご存知なのねえ」

「そういえば、うちの孫の学校の先生も土に点のある土方だったわ。不思議だったのよ」

「土方歳三って美男子なのよねえ。そうそう、大河ドラマで演じた子が」

ご婦人方はイケメン談義に花を咲かせ始める。

バスはやがて高幡不動尊に到着した。ぐうの音も出ない萌絵を尻目に、忍たちはバスを降りてお寺の拝観に向かっている。博識で、にこやかで、容姿端麗な忍を囲んで、ご婦人方は修学旅行の女子高生のようにはしゃいでいる。

「く……っ」

萌絵はすでに挫《くじ》けそうだ。

「アドバンテージありすぎ」

「もう白旗？」

後ろから無量が声をかけてきた。うお、と萌絵はのけぞり、

「ま、まだあげませんよ。みくびらないで。私だって新撰組には詳しいんだから」

「あんたの知識の出所は、主にゲームとかゲームとかゲームとかでしょ」

「ぐ……っ。言わせておけば」

「まあ、いいけど。せいぜいがんばって」

ひらひらと手を振って、お気楽な無量は売店におもむき、揚げ饅頭《まんじゅう》を買い食いしている。

萌絵は亀石に訴えた。

「所長、早く私にマイクをください！　相良さんに私の知ってるやつ、全部話されちゃう前に！」

「おいおい永倉……。張り切ってるな」

「お不動様、どうか知恵を授けてください」

萌絵は参道の常香炉《じょうこうろ》に駆け寄ると、両腕でありったけの線香の煙をかき寄せ、頭にがんがん浴び始めた。これには無量も呆《あき》れ、

「やれやれ。大丈夫なんすか、あいつ」

亀石は肩をすくめ、

「ま、試験は始まったばかりだしな」

忍のガイドで高幡不動の境内を一通り回ってきたご婦人方は、目がきらきらしている。どうやら新撰組の話以外に、お寺の沿革やら仏の由来やら、蘊蓄《うんちく》を広く披露してきたらしい。年配女性たちの心をがっちり摑《つか》んだようだ。

「お、おのれ、サガラ……」

出遅れた萌絵は歯ぎしりするばかりだ。

「所長、お願いします！　次は私が……っ」

「わかったわかった。なら、続きのガイドはおまえな」

再びバスに乗り込んで、出発した。萌絵はいよいよ自分の出番とあって、ウォーミングアップに余念がない。

新撰組なら得意だ。女子校に通っていた時にさんざんクラスメイトたちと「討ち入りごっこ」をしまくったし、沖田総司《おきたそうじ》はヒラメ顔だったとか、近藤の稽古着には奥さん手製の髑髏《どくろ》の刺繡《ししゅう》があったとか、歴史学的には割と限りなくどうでもいい、だがファンに

はたまらないレア情報も握っている。さあ、どこからでも来なさい、という気持ちでマイクの前に立とうとしている萌絵に、亀石が言った。

「……えー、次の目的地・小島《こじま》資料館には天然理心流の門弟の子孫がおられます。ではここで、幕末に人気があった江戸の三大剣術道場について、永倉、説明したまえ」

「は？」

萌絵は出鼻をくじかれた。

「いま、なんて？」

「だから、江戸の三大剣術道場」

「ちょっと待ってください？　新撰組の説明じゃないんですか？」

「それもう相良がやったから。おまえは剣術道場」

ここから剣術道場に飛んでしまう意図がわからない。頭が真っ白になっていると、横から忍が耳打ちしてきた。

「……剣術道場の出身者から、有名な幕末の志士に話を広げろってことだよ」

「幕末のしし……」

「だから、お玉《たま》が池《いけ》のあのひととか、九段坂《くだんざか》のあのひとたちとか……」

「こら、相良！　ヒントを与えるんじゃない！」

亀石にたしなめられて忍は口をつぐんだが、萌絵はまだパニックになったままだ。すると、一番後ろの座席から、

「江戸の三大剣術道場って、なんですかー？」

あおるような声がかかった。無量だ。萌絵は恨めしげに見て、腹をくくった。

幕末にはやった剣術道場。萌絵は剣道は未経験だが、仮にも武道の話題を振られて答えられないなんて、武術家の名がすたる——などと自分を叱咤《しった》して、なけなしの知識を搾り出した。

「そ……そうだ、思いだした。『技の千葉《ちば》』『力の斎藤《さいとう》』『位の桃井《もものい》』……これぞ江戸の三大道場！」

いきなり萌絵が勢い込んでマイクを握った。

「皆さん、江戸の三大道場とは、鏡新明智流《きょうしんめいち》の士学館《しがくかん》、北辰一刀流《ほくしんいっとう》の玄武館《げんぶかん》、神道無念流《しんとうむねん》の練兵館《れんぺいかん》です。当時の剣を志す男たちにとって、この三つの道場はいわば、剣の三大ブランド。憧《あこが》れの剣術道場だったんです」

「は……はあ……」

「中でも北辰一刀流は千葉周作《しゅうさく》が開いて『技の千葉』と呼ばれました。ここの門弟には超々有名人がいましたよ。誰だかわかりますか。はい、西原くん！」

容赦なく萌絵が指さした。

「お……俺……？」

「はい、答えて。基本ですよ、基本」

「って、いきなり振られても、幕末とかよくしんねーし」

「なら、他の方！　わかりますか。ならヒント、ヒントです。こんな感じの人です」

萌絵は横髪をしきりに耳にかけるような仕草をみせながら、

「あー、なんばしよっとかー、このバカチンが！　日本の夜明けは近いぜよー！」

「ひどい……これはひどい……」

横の座席から見ていた忍も戦慄《せんりつ》している。

「なんか色々まざっちゃってるよ、永倉さん……」

「わかったわ！　はーい！」

一番前に座っていた白髪の年配女性が手を挙げた。萌絵はすかさず、

「はい、佐藤《さとう》さん」

「坂本龍馬《さかもとりょうま》」

「大当たり！」

拍手があがった。亀石と無量はあきれ顔だ。これではただのものまねクイズだ。

だが萌絵は目の前の聴衆の心を摑むことに躍起になってしまっている。歴史の説明だか、なんだかわからなくなってきた。

「一方、『力の斎藤』こと神道無念流には……えー……と、えーと……、ものまね。えっとー、桂小五郎《かつらこごろう》のものまねってどんなだっけ」

「言っちゃってる、言っちゃってる」

「ま、いいや。桂小五郎などの長州《ちょうしゅう》の人たちや、藤田東湖《ふじたとうこ》などの水戸《みと》藩の人たち、ああ、

そうそう、新撰組の芹沢鴨《せりざわかも》や……永倉！　永倉新八《しんぱち》もそうです！　ちなみに私の苗字《みょうじ》も永倉ですが、新八の子孫だったという話は特に伝わっておりません！」

「え？　ちがうの？　うそでしょ」

「西原くん、茶々入れないで」

「新八の話してよ。新八の」

「も、ちょっ黙っててよ。話が脱線するでしょ」

「ねえ、新八っつぁーん、ものまねしてよ、ものまね」

「は？　なに言ってんの？　会ったこともないひとのものまねなんかできません！」

「さっき、やってたじゃん」

そんなふたりのやりとりがおかしいのか、意味もなく笑い声が起きている。無量の絶妙な妨害に、忍は顔を押さえた。しかも本題からどんどん脱線していき、歴史ガイドどころではない。

その隣で、亀石は澄ました顔をしてメモに何か書き込んでいる。

審査表だとわかった。

「ま、まずい……永倉さん、歴史ガイドの続きを」

と忍が小声で促したが、すでに萌絵と無量の掛け合い漫才のような言い合いが始まっている。ご婦人方はおおいにウケて車内は爆笑の渦に包まれている。

「あー……」

競争相手ながら、忍も困惑しきりだ。

結局、萌絵の歴史ガイドは無量とのボケツッコミ大会になってしまい、歴史上の人物のキャラいじりに発展して、まともなガイドにはほど遠い有様となってしまった。

＊

昼食の時間となった。

資料館の見学後、予約していた割烹《かっぽう》料理屋に入り、二階のお座敷で皆そろって会食だ。幕の内弁当を前に、萌絵は反省しきりだった。

「やってしまった……」

確かにお客さんには大ウケしたが、ただの歴史ネタで笑いをとったというだけで、まったくガイドになっていない（無量がいらぬツッコミを入れてきたせいもあるが）。

「……所長の冷静な目が怖い」

これは試験だ。日帰り旅行ではなく試験だというのに、まったく自分が不甲斐《ふがい》ない。忍がそつのないパーフェクト・ガイドを披露しているせいで、ますます自分のポンコツぶりが際立つ。

「このままじゃ、今まで勉強してきた努力が全部、水の泡になってしまう……」

筆記ならともかく、人前で発表というのがよくない。ただでさえ、あがり症で、プレゼンの類《たぐ》いが苦手で苦手で、前の職場ではプレゼン前日は胃に穴が開く寸前だったから、事務の仕事へと転職したというのに。

「いやいや。まだ挽回《ばんかい》のチャンスはある。腹が減ってはなんちゃらだから、ちゃんとごはん食べよ」

自分を励ますように箸《はし》を勢いよく割った。

ツアー参加者の顔もだんだん覚えてきた。最年長の斎藤さん、手作りクッキーをふるまう料理好きの中山《なかやま》さん、丸顔で物静かな佐藤さん、元看護師長の竹井《たけい》さん、ご夫婦で来ている星野《ほしの》さん……などなど。いかにも町内会を支えてきた古くからの仲良しさんと言った顔ぶれだ。

中でも抜きんでて存在感のあるのが、村尾《むらお》さんだ。

昔の地主だった家の奥さんで、町内会でも一目置かれている人らしい。恰幅《かっぷく》のいい体つきにヒョウ柄のパーカーを着て、大きなサングラスをかけている。昔ながらのパーマをあてて、声も大きく、よく笑う、絵に描いたような「近所のおばちゃん」だ。皆に積極的に声をかけては、ちょいちょいお菓子を交換している。

見るからに強面《こわもて》で、萌絵にとっては苦手なタイプだ。

「あら、この幕の内、ちょっと大根の煮物が硬すぎない？　味もしみてないし。これなら私が煮た方がよっぽどおいしいわよ」

などと、店員さんに聞こえるような声で言うのも困りものだ。

だが、そんな性分もご婦人方は理解しているようで、

「文句言うもんじゃないわよ、明代《あきよ》さん。こんなにお得にバスツアーができるんだから、大根の煮物くらい大目に見てやりなさいよ」

「そうよー、私はこれくらいのほうが好きだわ」

「あら、みつこさんは歯が丈夫なのねえ」

「ほほほ。それだけがとりえなのよ」

棘《とげ》のあるいやみも皆のおしゃべりでくるんでいってしまう。さすがのチームワークだ。

萌絵が感心していると、隣に座った元看護師の竹井さんが耳打ちした。

「……村尾さんはちょっとわがままなところがあるけど、悪気はないから、上手にもちあげてなだめるのがコツよ」

「は……はあ」

「地主のプライドがあるの。うまくおもりしてね」

古い町内会ならではのヒエラルキーというやつか。さもあらん、だ。

元看護師の竹井さんは、長く昭和の病院で婦長を務めていたので、あだなも「婦長」と呼ばれている。さすがに場を仕切るのも上手で、頭の切れる感じがひしひしと伝わってくる。

「ところで、これは何かの試験なのかしら？　亀石さんがしきりにメモをとってるけど」

「えっ。わかりますか」

「なんとなく様子でね。あなたと相良さんが試験を受けているのね。どういう試験？」

興味津々で聞いてくる。萌絵が打ち明けると、おもしろそうに相づちを打った。

「すると、後ろの座席にいる若い人は？」

「ああ、彼はうちから派遣してる遺跡発掘員なんです。西原無量と言って、業界ではちょっと有名なんですよ」

「そうなの？　学生さんかと思ってた。遺跡発掘というのはどういうお仕事？」

好奇心旺盛《おうせい》だ。聞けば、歴史小説が好きで、夫婦で史跡巡りもするという。萌絵が説明すると、メガネの奥の瞳《ひとみ》をきらきらと輝かせた。

「楽しそうだわ。そういう現場って、私みたいな未経験者でも働けるのかしら」

「もちろん！　現場で丁寧に教えてくれますよ」

「このへんでもやってたりするのかしら……」

萌絵がついリクルーターの顔になって「よければ登録を」と持ちかけようとしていたら、横から最年長の斎藤さんが話に割って入ってきた。

「あなた、亀石さんところの新人さん？」

「新人と言っても、もう入所してだいぶ経ちますけど」

「そう。とても明るくて素敵なお嬢さんだと思って見ていたのよ。いま、おいくつ？おつきあいしている人はいるの？」

「は？」

いきなりプライベートに踏み込まれ、萌絵は目を白黒させた。

「い、いまのところ、そのようなひとは」

「あら、そう。それならよかった。知り合いにちょっといいひとがいるの、お似合いだと思うから、一度会ってみてはどう？」

萌絵は「は？」と目を剝《む》いた。斎藤はなお、ぐいぐいと迫ってきて、

「近所の方の息子さんで、長男だけど公務員をされてるの。年の頃もちょうどいいと思うのよね。どうかしら。会うだけでも」

すかさず竹井が反対側から萌絵に耳打ちをしてきた。

「……斎藤さんは仲人《なこうど》マニアで、若いひとに縁談もってきてお見合い成功させるのが生き甲斐《がい》なの。今まで五十組の仲を取りもってきたって」

「ひ……っ。五十組」

このままお見合いを調えられてはたまったものではない。萌絵は慌てて、斎藤に、

「私は当分、結婚はしないつもりですので、どうぞお気遣いなく」

「その気がなくても、いいひとと出会えれば、とんとん拍子に運ぶものよ」

「いえいえ。私は本当に結構ですので、どうぞ他を」

それでも斎藤は食い下がる。あまりの執拗《しつよう》さに困っていると、

「……ちょっと新八っつぁん。そんなとこで呑気《のんき》にだべってないで、皆にお茶いれるの

手伝ってくんない？」

無量だった。相変わらず仏頂面をしている。

渡りに船とばかりに、萌絵は立ちあがった。

「そうだ、お茶お茶！　みんなにお茶いれないと。じゃあ、斎藤さん、またあとで」

といいうと、無量の背中をぐいぐい押して席を立ち、座敷の奥へと抜け出した。

「ふー……。西原くん、ナイスタイミング」

「なにが」

「焦ったー。対『親戚《しんせき》のおばちゃん』防御しとかないと、まずい現場だったわ」

「それより、あんた試験の心配したら？　いくらなんでもヒドイわ、あれ」

無量からも苦言を呈された。

「全然説明になってないし、ただのお笑い道場なんですけど」

「いちいち横槍《よこやり》入れてきたのは、誰」

「目も当てられないから、助け船出してやったんでしょ」

「助け船？　どこが！　泥船でしょ！」

内心にやにや笑っているのが目に見えるようだ。

乗らぬ！　萌絵は心の中で強く反駁《はんばく》した。

「その手にはひっかかりませんからね、西原くん！」

「え？　俺、なんか言った？」

萌絵の悶々《もんもん》は深まるばかりだ。

「まあ、落ち着けや」

横から湯飲みを差し出したのは、亀石所長だった。

「ひっ！　なんですか。もう落第宣告ですか」

「どんだけ被害妄想なんだよ。午後は八王子《はちおうじ》城跡を見学してから高尾山《たかおさん》に行くからな。ちゃんと思い出しておけよ」

萌絵は我に返った。八王子城跡はついこの間まで無量がいた現場でもあった。発掘調査は続行中で、今日は作業は休みだが、特別に見学の許可が下りたという。そこまで言われて、萌絵はやっと無量が同行した理由に気がついた。

「なら、発掘現場の説明のために？」

「まだ調査中の現場だから、現説（現場説明会）ん時みたいに成果は話せないすよ。亀石サン」

「わかってるわかってる。どのあたりをどんな感じで掘ってるかだけ、簡単に話してくれればいい。八王子城の概要は相良と永倉に説明させるから」

八王子城に関する知識は、萌絵も頭に叩《たた》き込んである。剣術道場よりはちゃんと話せるはずだった。にわかに自信が出てきた。

「それにしても忍のやつ、予想通りにおばちゃんたちのアイドルすね……」

視線を向けると、忍がご婦人方に囲まれて談笑中という、とてもわかりやすい光景が広がっている。

「女の人はね、西原くん。年を重ねても、ときめきは忘れないの。うちのお母さんだって、そりゃもうイケメン俳優に目がないんだから」

審査員がお客さんでなくてよかった、と萌絵は胸を撫《な》で下ろす。お客さんが投票する形式だったら、開票と同時に忍へ「当選確実」マークが出てしまう。

「……いまもすでに大差つけられてますけど」

頭を抱えている萌絵を見て、亀石は励ました。

「あきらめるな。知識とプレゼン能力だけが審査項目じゃあ、ないからな」

「え？　そうなんですか」

「発掘コーディネーターに必要なのは、それだけじゃない。まだ挽回《ばんかい》のチャンスはある」

「なんですか、必要なものって。武術ですか？　武術だったら挽回できる自信があります」

「……うん、まあ、それはあんま関係ないかも」

とはいえ、萌絵にも希望の光がさしてきた。

「言われなくても巻き返しますよ。八王子城で大逆転してみせます」

「もしかして、八王子城なら自分が有利だなんて思ってる？」

と無量が横から口をはさんだ。

「どき。お、思ってちゃまずい？」

「いや、別に。いいんじゃない？　それはそれで」

「わ、私だって八王子城に関しては勉強……」

「途中で忍者に襲われるとかあるといいね。新八っつぁん」

無量は無責任な言葉を残して、先に部屋から出ていった。ひどすぎる。発掘が天才的かどうかは知らないが、ひとのやる気を削《そ》ぐことにかけては間違いなく天才だ。

幕の内弁当で腹を満たした一行を乗せて、バスは第二ステージへと向かった。

＊

午後は八王子城ガイドから始まった。

ガイダンス施設を見学してから、御主殿《ごしゅでん》の発掘現場へと赴く。

今日は作業は行われていないのでトレンチにはブルーシートがかけられており、その下を見ることはできない。

一行はふたつのグループに分かれ、それぞれ、萌絵と忍がガイドすることになった。亀石はふたりのガイドぶりを比較チェックしていくという方式だ。

相変わらず忍のガイドは流ちょうだ。そもそもプレゼンテーション能力が高い。文化庁時代に鍛えられただけある。八王子城の築城から落城までの物語を滔々《とうとう》と語るその口調は、地元ボランティアガイドも顔負けだ。落城悲話の数々に涙ぐんでいるご婦人もいる。

「ここが現在、発掘中の御主殿です。実際に発掘に携わっていた発掘員から説明してもらいましょう。来てくれ、無量」

「うっす」

「さっそくだが、今回この場所を掘ることになったのは、どうして？」

忍に訊《たず》ねられて無量は渋々説明を始める。口下手で現地説明会が大の苦手である無量に、絶妙な質問を投げかけて、的確な答えを引き出していく。インタビュアーの才能まであるようだ。無量もぶっきらぼうながら、きちんと答えた。

「……さっき見てもらった茶碗《ちゃわん》が出てきたのは、こっちのトレンチ。もっと掘ったら、地《じ》鎮《ちん》遺構なんかも出てくるかも」

「じちん……というのは？」

「建物を建てる時に、災いがないよう、おまじないをした跡」

「お祓《はら》いみたいな？」

「どっちかというと、修験道《しゅげんどう》とか陰陽道《おんみょうどう》とか、そっちのほうだと思うけど、大名屋敷なんか掘ると、たまに出てくるんすよ。地鎮様式を研究してる人もいるくらいで」

「そうか。小田原北条《おだわらほうじょう》の初代・早雲《そううん》は、もともと京の出身で有職故実《ゆうそくこじつ》に通じていたというから、もしかしたら、京の古い様式が北条家にも代々伝わっているかもしれないな」

忍は自分の見解を交えることも忘れない。無量もつられて、

「こないだ、長州藩だかの大名屋敷跡から出たやつも、平安時代のとあんま変わんないって言ってた」

「そうなのか。それはいつの？」

「江戸初期だから、この城とも時期的にはそんなに離れてない」

「比較できると面白いかもな。地域差があるとしたら、なお面白い」

幼なじみの気安さで、いつのまにか、普通に会話をしている。

亀石が頃合いを見計らって手を叩いた。

「よーし、交代だ。次は永倉のグループ」

忍のグループが去ると、今度は萌絵たちのグループがやってきた。萌絵もさすがにこの城に関しては詳しいので、自信もある。さぞや午前中の失態を挽回して、丁寧な歴史ガイドをしているだろう……と思いきや。

「そうなんです。冷やしておいたスイカがなくなっちゃって！」

大方の予想通り、話が脱線して怪談話のほうで盛り上がっている。

「発掘道具がなくなったあと、うちの現場監督の夢枕にお姫様が立ったんです。鏡を見つけてくれたら、道具を返すって。そうして鏡を探してみたら、本当に」

「おい、永倉」

「あ、西原くん！　そうだよね？　手ガリがなくなっちゃったんだよね」

「だから、あれは霊の仕業じゃないっつの。あんたも見たでしょ」

ふたりが言い合いを始めると、ご婦人方からは笑いが起こる。盛り上がりに限ってなら萌絵のほうに軍配があがりそうだった。

「そうじゃなくて、つまりこの八王子城ではそういう怪談が残るくらいに、痛ましい出来事があったわけで」

なんとか無理矢理、発掘の話に持っていこうとしたが、ご婦人方は怪談のほうに食いついてしまい、軌道修正ができない。結局、

「はー、楽しかったわー。八王子城の怪談」

見学を終えて戻ってきた萌絵のグループの人々は、なにやら趣旨が変わってしまっている。

「おい、永倉……」

「はい……。わかってます。すみません」

お客さんのウケがいいものだから、つい歴史話より怪談話のほうに力を入れてしまうのは、もう生まれついてのサガとしか言いようがない。萌絵は小さくなるばかりだ。

亀石は「審査をするのもツライ」といった表情だ。

「では皆さん、最後の目的地に向かいまーす」

＊

一行がツアーの締めくくりにやってきたのは、高尾山だ。

八王子城からはさほど遠くはない。標高六百メートル弱。東京スカイツリーよりも低い山だが、老若男女が気軽に愉《たの》しめる東京近郊の行楽地として賑《にぎ》わっている。

ケーブルカーやリフトであがれて、その上は歩きやすい舗装路が続いている。多少の坂道こそあるが、特別な山登りの装備をせずとも頂上まで歩けるというので、その手軽さが人気だった。

途中には高尾山薬王院《やくおういん》という寺院があり、いつも多くの参拝客がやってくる。古来の修験場でもあり、あちらこちらに天狗《てんぐ》にまつわる銅像や飾りが見受けられる。いまも修験道場は健在で、山内では滝行などが行われていた。

「さあ、着いたぞ。見晴台だ」

ケーブルカーを降りた一行は、眼下に望む景色を堪能《たんのう》した。

「わあ、すごい。あれは新宿《しんじゅく》の高層ビルかしら」

「六本木《ろっぽんぎ》ヒルズも見える」

「あの間にあるのは、スカイツリーじゃない？」

ご婦人方は童心に返って歓声をあげた。しかし、その後ろに同行している萌絵は、亀石からどんな質問が飛んでくるかと戦々競々《きょうきょう》だ。

いくらコーディネーター試験の勉強をしているとはいえ、高尾山の自然ガイドまではできない。いや、さすがにそれはないだろう。すると、ここは修験道の説明か。それとも薬王院について語れ、か。萌絵は頭をフル回転させている。

「修験道は確か、古来、山岳信仰を端緒として雑密《ぞうみつ》や密教をとりこんで……それらを確立したのが、役小角《えんのおづぬ》で……」

横から無量が不気味そうに見て言った。

「なにブツブツ独り言いってんの」

「話しかけないで西原くん。いま、一生懸命、データを呼び起こしてるとこなんだから」

「それより団子食おうよ、新八っつぁん」

「それどころじゃないの。こっちは試験中だってば」

相手にされず、無量は少し不満そうだ。亀石がガイド旗を振り、

「それじゃあ、これから薬王院の参拝をしまーす」

秋の行楽シーズンとあって、観光客で賑わっている。もう陽も傾きかけていて、ほとんどの客は帰ってくるところだ。遠足の小学生や年配の団体客とたくさんすれちがった。少し色づき始めた森林が秋の深まりを伝えている。

薬王院までは歩けば二十分ほどでたどりつく。蛸杉《たこすぎ》と呼ばれる根のうねくった大木と

写真を撮ったり、饅頭《まんじゅう》を食べたり、楽しんでいるご婦人方を尻目《しりめ》に、萌絵はひとり構えまくっている。

「来い……来い……修験道の説明……」

鬼のような形相だ。近くを歩いていた無量が、思わず後ずさった。

「おーい、永倉！」

亀石に呼ばれて、萌絵は「きた！」と勢いよく顔をあげた。

「なんですか？　修験道の説明ですか！」

「いや、修験道はいいから、この下を走ってる圏央道《けんおうどう》の説明をしてくれ」

は？　と萌絵は奇妙な声をあげてしまう。亀石は山林ごしに眼下に見える自動車専用道路を指さしている。

「八王子城の下を通すの通さないのと、問題になっただろう。道路工事で緊急発掘が行われる例もある。公共工事の緊急発掘の場合、どういう管轄で調査をするのか、竹井さんがそのへんを説明してほしいそうだ」

「え、えーとー……」

萌絵は頭が真っ白になってしまった。修験道でなく圏央道……まだ中央道《ちゅうおうどう》なら、インターチェンジとサービスエリアの順番くらいはわかるのだが。

「高速道路などの道路工事における緊急発掘は、確か、その、それぞれの都道府県にある……えーと……公益法人で……」

心の中は大パニックだ。

「無理しないで、忍に任せたら？」

「西原くんは黙って。説明できます。ちゃんと説明します。えーと……一般的に、道路などの公共工事でも民間工事でもそうですが、その場所をあらかじめ遺跡地図と照らし合わせて、何らかの遺跡が埋まっている可能性が高い場合は、事前に調査をします。各都道府県には大体、埋蔵文化財センターというのがありまして、公共事業に伴う発掘調査はそちらで受け持ちます」

萌絵は根性を見せて、どうにか答えた。

竹井も納得したようだ。さらに踏み込んで、

「民間はどうなのかしら。工事中に遺物が出てきて調査しなきゃならなくなる時は、建て主さんが費用を出すというけれど、それも自治体が請け負うの？」

「民間のビルとかを建てる時は、主に民間の調査会社が受け持つ感じになってます。亀石建設の発掘部門はそのひとつです。建て主さんが個人の場合は、市町村から補助金が出るので、一般的には費用はかかりません。法人の場合だけですね」

「へえ。色々と仕組みがあるのね」

薬王院の参道を歩きながら、萌絵はどうにか竹井の質問に答えきった。胸を撫《な》で下ろした萌絵が、ふと我に返ると、忍がこちらをじっと見ている。ふいにニコリと笑った。

「な、なんですか」

「いや。助け船出そうかと思ったけど、いらなかったみたいだ」

「ちょ……っ。助け船なんていりませんから！　私たちはライバルなんですよ」

「はは。そうだった」

忍は試験を試験とも思っていないのか、リラックスしたものだ。きっと忍ならもっとわかりやすく、しかも詳しく、理路整然と答えただろう。ライバルに助け船の心配をされるところが、すでにして終わっている。

「じゃあ、相良。修験道について説明しろ」

「はい。ではさっそく」

「なんで！」

そんなこんなで、一行は無事、薬王院にたどり着き、本堂で参拝を済ませた。

朱塗りの飯綱権現堂《いづなごんげんどう》まであがり、御朱印をもらって、天狗だらけの境内で集合写真を撮った後、竹井たちの申し出で、さらに頂上を目指すことになった。

これに難色を示したのは、ヒョウ柄パーカーの村尾だった。

「まだあがるの？　もうこのへんでいいじゃない」

「大丈夫ですよ。頂上といっても、ほんの二十分かそこらで着きますし、上には売店もありますから」

「でも登り坂でしょ？　脚も痛いし、しんどいわ」

「今日は天気も良いし、上に行けば、富士山《ふじさん》も見られますよ」

「富士山なんて毎日、うちのベランダでみてるからいいわ」

ひとりごねている。

健脚揃いで、皆「せっかくここまで来たなら頂上にも行きたい」との意見なのだが、村尾が強硬に抵抗するので、困ってしまった。

「わかりました。なら、村尾さんはここで待っていてください。そこに御茶屋もありますし、のんびり景色でも見て」

亀石のとりなしで、村尾はひとり、薬王院で待つことになった。

一行は「やれやれ」といった調子で、登り坂を上がり始めた。

「ほんとに村尾さんはわがままなんだから」

ご婦人方もあきれ顔だ。慣れっことは言え、時々こうして手を焼いているとみえる。

「気分屋なのよ。いっつも振り回されるの。本当は誰よりも丈夫で健脚なのよ」

「頂上には何度も行ってるから、きっとめんどくさくなっちゃったんだろうね」

「悪い人じゃないんだけどねえ。時々ねえ」

ぼやきながら、歩いていく。そんな中、萌絵はひとり、何度も後ろを振り返っている。

「どうした？　永倉」

「あの……私、やっぱり戻ります」

「なんで」

「村尾さん、ひとりで置いてくの、心配なので」

「大丈夫だろ。茶店で待ってるって言ってたし、子供じゃないんだから放っておいても」

「そうだけど。やっぱり何かではぐれるとまずいから」

村尾は携帯電話も持っていないことを思い出したのだ。亀石の承諾をもらい、萌絵は元来た道を引き返した。

薬王院の境内まで戻ってきたが、村尾の姿が見当たらない。萌絵は辺りを見回した。茶屋にいるのかと思い、店先まで行ってみたが、姿がない。店の者に聞いてみたら、それらしき人が数分前に参道を歩いていくのを見かけたという。

萌絵は慌てて後を追った。百メートルほど行ったところで、ようやく見つけた。

「村尾さん、こんなところで何してるんです！」

「あら。どうしたの？」

「茶店で待ってるって言ったじゃないですか！」

「あと三十分で閉店だって言うから、あっちのお店に行こうと思ったのよ」

萌絵は顔を手で覆った。引き返してきてよかった。そうでなければ、皆が戻ってきたときに、いなくなった村尾を探して大騒ぎになるところだった。

「なによ。だめなの？」

「いいえ、わかりました。皆には私から伝えておきます」

と言いかけて、萌絵は自分のスマホも亀石に預けっぱなしになっていたことを思い出した。幸いカバンにはスケジュール帳があり、亀石の電話番号も記してあったので、ケーブルカーの山上駅で待っている旨を公衆電話から伝えることができた。村尾は気にも留めない。それよりも自分のために萌絵がわざわざ戻ってきたのが、小気味良かったようだ。

「永倉さんと言ったかしら。高尾山は初めて？」

「二度目です。前に友達と初詣《はつもうで》で」

「あらそう。なら、登山路を歩いたことは」

「ありません。前に来た時も、この参道を歩きました」

「高尾山に来たなら、やっぱり登山路を歩かなきゃ。いいわ、いらっしゃい。私が案内してあげる」

「えっ？　今からですか！」

「近道があるのよ。ケーブルカーの下の駅まで歩けるの」

「でも脚が痛いって」

「もう治ったわよ」

「結構、距離あるんじゃないですか。おとなしく上の駅で待ってましょうよ」

「大丈夫、大丈夫。また電話すればいいのよ。頂上まで行っておりてくるの待ってたら、一時間も経つじゃない。その分、歩いたほうが楽しいわ。案内してあげる。難しい道じゃないから」

「村尾さん、ちょ、待ってください」

意気揚々と歩いていく村尾を慌てて追いかけた。

村尾曰《いわ》く、高尾山には何度も来ていて、いくつかある登山路は全部、幾度となく歩いている。自分の庭のようなものだから、と言いながら、どんどん歩いていく。舗装された参道から脇道の登山路へとおりていく村尾を、萌絵は早足で追いかけた。

「ね？　ちゃんと案内板もあるから大丈夫よ」

「でも日が翳《かげ》ってきてますし」

「大丈夫よ。暗くなる前には着くから。私、何度も歩いてるから」

前方には他の登山客の姿も見えたので、萌絵は仕方なく村尾について歩き出した。そもそも止めたところで聞く耳を持つ人ではないのだ。

しかし、村尾のいう「大丈夫」がまったく「大丈夫」ではないことを、萌絵が思い知ったのは、それから数十分後のことだった。

「あら、おかしいわね。この道のはずなんだけど」

村尾の一言に、萌絵はいやな予感が的中したことを知った。

「はずなんだけどって、村尾さん？　この道は何度も歩いてるんですよね」

「歩いてるんだけど、なんだか見たことのない道だわ」

「えっえっ。待ってください。この道でいいんじゃなかったんですか」

「間違ってはいないはずなんだけど、こんな沢、横切ったかしら」

萌絵の顔からサアッと血の気が引いた。

村尾の言う「何度も」という言葉が落とし穴だったことに、気づいた時には遅かった。見事に道に迷ってしまっていたのだ。

そういえば、なんだか道が妙に細くなってきたあたりから嫌な感じはしていた。登山路は確かに整備されていたが、小さな分かれ道があって、そのひとつに迷い込んでしまったらしい。

「大丈夫、大丈夫。この道も下で一本に繋《つな》がるはずだから」

「はずだからって……っ。本当に大丈夫なんですか！」

「平気平気。高尾山で道に迷うことなんて、ないない」

「低いからって山を見くびっちゃだめですよ。戻りましょう！　ここからなら上の道に戻った方が近いです」

「いやよ。一度下りちゃったのにまた登るなんて」

「でも、これ以上進んで、もし本当に迷いでもしたら大変です！」

「なら、あなたひとりで戻りなさいよ。私はこのまま行くから」

なんとわがままな！　と萌絵はカッとなってしまった。

けれど、このままひとりで行かせるわけにもいかない。手元にスマホがないのが痛恨だ。位置検索できれば、いま自分たちがどの辺りにいるかもわかるし、亀石たちに連絡もつけられるのだが……。

「待ってください、村尾さん！　やっぱり引き返しましょう！」

「しつこいわね。私はこっちから行くって」

「村尾さん！」

あ！　と悲鳴があがった。

歩き出した村尾がぬかるみで足を滑らせてしまい、そのまま道の脇の斜面へと転げ落ちてしまったのだ。

「村尾さん！」

萌絵が叫んだ。下は沢になっている。幸い藪《やぶ》がクッションになって受け止めてくれたおかげで大事には至らなかったようだ。萌絵が尻《しり》でずり落ちるようにしながらおりていくと、村尾はしきりに足をさすっている。転げた拍子に左足首をくじいてしまったらしい。

「大丈夫ですか！」

「い……いったぁ……」

「捻《ひね》ったんですね。立ち上がれますか？」

自力では無理そうだ。靴を脱がせてみると、外側のくるぶしあたりが赤く腫《は》れている。捻挫《ねんざ》してしまったらしい。

「内出血があるようなので冷やしましょう。ちょっと待っててください」

萌絵はタオルハンカチを持って、沢におり、水で濡《ぬ》らして、ついでに適度な枝を数本、集めてきた。村尾は先ほどまでの勢いはどこへやら、半べそをかいている。

「もしかして骨折しちゃったのかしら」

「わかりません。病院でみてもらわないと。たぶん捻挫ではないかと。腫れがあるので冷やしますが、長く冷やすと治りにくくなるので、応急処置ということで」

萌絵は濡らしたタオルハンカチを患部にあて、骨折の可能性も鑑《かんが》みて念のため添え木をすると、村尾が首に巻いていた手ぬぐいでこれらを固定した。そうこうしているうちに、あたりはどんどん暗くなってきた。

「日が暮れてしまうわ……。このままじゃ山から下りれない……」

遭難、の二文字が大袈裟《おおげさ》ではなく、ふたりの頭に浮かんだ。まさか高尾山で遭難するなど、思ってもみないことだった。だが、萌絵は冷静だった。

「低い山でも遭難することはあります。だから甘くみちゃいけないんです」

「ああ、どうしましょう、どうしましょう……」

うろたえる村尾を尻目に、萌絵は決断を迫られていた。まだ多少でも明るいうちに下山できればいいが、村尾がこの状態では、たとえ支えながら歩いても、何時間かかるかわからない。電灯もない山道だ。日没の時間も早くなってきたから、あと一時間もすれば、真っ暗になってしまう。

「行くしかない」

「え？　なんて言ったの？　永倉さん」

「私が背負います」

は？　という顔を、村尾はした。萌絵はキッと目に力を込めて、

「私が村尾さんを背負って、下山します」

「私を……？　待って。私、何キロあると思ってるの？」

「なんの。この日のために鍛えてきたんですから」

萌絵は力強く言うと、村尾の前にしゃがみこんだ。さあ、とうながし、村尾の体をおんぶした。ずしり、と重みが背中にのしかかってきたが、膝《ひざ》に力を入れて、立ちあがった。

「よし、いける」

萌絵は村尾を背負って急斜面を這《は》いずるようにしてあがっていく。どうにか道までたどり着いた。問題はここから先だ。沢沿いに下る道と元来た道。ふたつにひとつ。

「ここは遭難時のセオリーに従って、あがります！」

「登るの？　もう結構下ってきたじゃない！」

いいえ、と萌絵は有無を言わさぬ口調で言い切った。

「山で道に迷った時は、谷を目指してはいけないんです。尾根を目指すんです。谷に入り込むと、それこそ自分の居所を見失って、もっともっと迷ってしまうからです。一度尾根にあがって尾根沿いに下るのが鉄則です」

「あなた……詳しいのね……」

「はい。子供の頃、ガールスカウトで習いました」

どうりで手当の仕方も堂に入っている、と納得している村尾を背負い、萌絵は山道を歩き出した。重い荷を負うた時は一歩一歩確実に着実に歩みを進めていくのだ。村尾の体重はおそらく、萌絵の二倍弱はあったが、歯を食いしばって歩き続ける。その頼もしさに村尾は思わず惚《ほ》れそうになった。

萌絵が無事に元来た道を引き返して、薬王院の参道に出たのは、それから四十分後のことだった。亀石たちと待ち合わせた場所までたどり着いた。

「永倉！　おまえ！」

亀石たちの前に現れたのは、鬼の形相で村尾を背負いきった萌絵の姿だ。目は血走《せんりつ》って鬼気迫り、低く唸《うな》るような息を繰り返しながらたどり着いた萌絵に、無量も忍も戦慄した。

「な……なにがあった……」

村尾を降ろした萌絵は、まるで試合後の格闘家のようだ。体中からはおびただしい闘気が溢《あふ》れて、疲労感に満ちた目はますますギラギラ輝いている。

「グ……グラップラーだ……。最強のグラップラーがいる……」

「永倉、おまえ今まで、どこでなにしてたんだ！」

頂上から下りてきた一行は、ふたりが待ち合わせをした場所にいないので、今まであちこち探していたらしい。しかも、村尾は怪我までしている。

「永倉さんを怒らないで！　この子は私を助けてくれたんです」

「助けた……？　どういうことです」

村尾はかくかくしかじかと、ここまでの経緯《いきさつ》を打ち明けた。亀石も皆もあっけにとられてしまっている。わがままだった村尾が懸命に萌絵をかばっている。

「私が、その、ムリに登山路から下りようなんて言い出したせいで……。永倉さんは私を担いでここまであがってきてくれたんです」

「担いで……ですか」

見るからに重量感たっぷりの村尾をみて、無量も忍もゴクリとつばを飲み込んだ。

「おい、マジか……」

「なんの。ジムで百キロのバーベル担いでスクワットするのに比べたら」

戦慄する男子たちを尻目に、元看護師の竹井が村尾の怪我を診ていた。

「……大丈夫。帰ったらすぐ病院で診てもらいましょう。応急処置、よくできてますよ。永倉さん」

「そうですか。よかった」

胸を撫《な》で下ろしながら、萌絵は亀石に深々と頭を下げた。

「すみません、所長。私が至らないばっかりに」

「いや……。よくやった。が、がんばったな」

怪我をした村尾は亀石たちに両肩を支えられて、どうにかケーブルカーに乗り込んだ。

下の駅に下りた頃には、もう辺りはとっぷり暗くなっていた。

帰途につくバスの車中は一行の寝息ばかりが聞こえていた。

＊

「本日は皆さん、本当にお疲れ様でした。お気をつけて」

かくしてカメケン主催の日帰りミステリーツアーは、朝、集合した駅にて解散とあいなった。村尾は竹井に付き添われてかかりつけの病院に向かうことになり、他のメンバーはそのまま帰宅していった。

「さて」

見送った亀石が、萌絵と忍を前にしておもむろに告げた。

「いろいろハプニングもあったが、以上で今日の試験は終了だ。ふたりともご苦労」

「はい」

「無量もな」

「俺は遊んでただけっすけどね」

とはいいつつ、無量も疲れたのか、あくびをしている。最後まで呑気《のんき》なものだ。

亀石は手にしたメモ帳の審査表を掲げて、

「今日の結果は、週明けに発表する。とりあえず今日はここまでだ。お疲れ様。解散」

それだけ言い残すと、あっさりと帰っていく。

萌絵と無量と忍は、顔を見合わせてしまった。

「本当にあんなんで試験になったのか？」

「所長の考えることだからな……。なにせ基準は所長だから」

「はー……。疲れた」

萌絵はようやく緊張が解けて、思わず座り込んでしまった。

「もう一刻も早くお風呂《ふろ》入って寝たい……」

「メシいかないの？　おごってよ」

「西原くん、私をお財布か何かと思ってるでしょ」

「こら無量。永倉さんを困らせたいのはわかるが、まだ給料日前だから」

「相良さんまで」

しょげかえる萌絵に、忍がどこかで買ってきた缶ビールを差し出した。

「今日はお互いお疲れ様。家でゆっくり飲んで」

「は──……。優しいんですね。相良さんは。涙がでる」

「いや。いろいろ面白かったから」

「………」

無量はリュックを背負うと、マイクロバスが走り去っていくのを見送った。

「……しかし、あんたが村尾さん背負って現れた時はビビッたよなあ……。どこの地獄からコマンドーがやってきたのかと」

「悪かったわね。コマンドーで」

萌絵が村尾を背負って山道を歩いて来られたのも、普段の鍛錬の賜物なのだ。無量に何かあったとき、おんぶして救出することもあるかもしれない。村尾に比べれば無量は遥《はる》かに軽いだろうけれど、装備重量も換算して、ジムで鍛えてきたのだ。

人の気も知らないで、と萌絵は溜息《ためいき》を漏らした。

「まあ、でも男らしくてかっこよかったよ」

「は？」

「さすがカメケンの武闘派」

「全然褒められた気がしないんですけど」

そもそも村尾のわがままを許してしまったのは、自分だという自覚が萌絵にはある。ちゃんとあの時登山路に行くのを止めていたなら、あんな怪我もさせずに済んだのだ。

これは大減点を覚悟しなければならない。

そう思い詰めていたら、突然、無量が萌絵の頭に右手を乗せてきて、ぶっきらぼうにワシワシとかき混ぜた。

「な……なに……？」

「あー腹減ったー。忍ー、メシいこーぜ。めっちゃ牛丼くいてー」

「はいはい」

忍は目を細めてうなずいた。

「じゃあ、永倉さん、また来週」

忍と無量は仲良く肩を並べて、街の明かりの向こうへと去っていってしまった。萌絵は恨めしそうに、その後ろ姿を眺めるばかりだ。

「ひとが苦労してコーディネーターになろうとしてるのに……」

その理由をくれた張本人は、どこまでわかっているのか、いないのか。

村尾をおんぶして山道を歩いたせいか、腰がやたらと重い。試験の結果は火を見るよりも明らかだったが……。

「あとは野となれ、山となれ、だわ……」

街のネオンがやたらと目にしみた。萌絵は深く溜息をつき、とりあえず高尾山で野宿をしないで済んだことに感謝しながら、銭湯にでも寄って帰ろうと空を見上げた。

街の空にはきれいな月が、ぽつん、と浮かんでいる。

＊

週が明けた。

月曜日、出勤してきた萌絵と忍は、さっそく亀石から応接室に呼び出された。

萌絵は、といえば、日曜日は一日中寝続けた。爆睡した。まだ眠い。筋肉痛はすごいわ腰は痛いわ、体がバキバキ言っている。

だが正直、試験結果については絶望していた。今日ここで忍のコーディネーター合格を言い渡されるのを覚悟していた。しおしおとしながら、亀石の前に立った萌絵だ。

亀石の手には、審査結果を記したと思われる紙がある。

「結果を言い渡す」

萌絵と忍は、亀石に注目した。

「………。引き分け」

「は？」

「だから引き分け」

萌絵と忍は顔を見合わせた。亀石へと身を乗り出したのは萌絵だ。

「ちょっと待ってください。引き分けなわけないでしょう？　どう考えても相良さんの勝利でしょう。どういう採点してるんですか、一体！」

「相良忍１３２点、永倉萌絵１１０点……」

亀石は採点表を萌絵の鼻先に突きつけた。

「確かに、通常課題の採点表ではこのとおりだ」

「なら、なんで」

「これに加えて特別課題に設定したのが、これだ」

といって二枚目の紙を差し出した。

「特別課題……なんて、あったんですか？」

「緊急時の対応力。事故処理能力。以上に加点が認められた。プラス特別審査員からの講評を加味した」

無量からの講評だ。さぞかし減点だらけだと思いきや、意外な評価を無量はしていた。

「〝プレゼンスキルに関しては目も当てられなかったが、参加人員それぞれに対する個別対応力には格別の柔軟性が見受けられた。コーディネーターとして人材を適材適所に配置するためには、時には規範以上の対応が必要なこともあり、その点で、永倉萌絵は極めてフレキシブルに動けていた。高く評価する〟……って」

萌絵はそこに書かれた文章を一通り読み上げてから、あっけにとられた。

「これ……本当に西原くんが書いたんですか」

「ちゃんと無量の字だろう。サインもある」

「はあ、でも」

「特別審査の加点で20点。そして相良」

はい、と忍が答えた。

「おまえ、八王子城での説明の時に、敷石遺構の説明を間違えただろう」

「あ……っ」

「減点2だ。よって両者ともに１３０点で引き分け」

萌絵は何か物言いたげにしていたが、亀石がちらりと顔をあげた。

「なんだ。なんか文句あるか」

「い、いえ……私は特に」

「まあ、今回は手始めの一次審査だから、こんなもんだが、次の筆記試験とレポート提出は厳しくやるぞ。腹くくっておけ。以上だ」

応接室から出てきた萌絵は、まだキツネにつままれたような顔をしている。

拍子抜けしたのと放心しているのとで、しばらくぼーっとしていたが、不意に我にかえって、隣に立つ忍を問い詰めた。

「相良さんですね」

「なにが？」

「西原くんにあの評価を書かせたのは！」

「やぶから棒に何を言い出すかと思ったら。僕は何もしてないよ」

「うそ！　西原くんが書いたのは最初の〝目も当てられない〟ってとこだけなんでしょう？　あんな硬くてかっちりした文章、西原くんに書けるはずないもの」

「それは無量に失礼だよ。永倉さん」

「相良さんが書かせたんですよね？　そうでなきゃあんなに私を」

「仮にそうだとして、なんのために？」

忍の温和な目が、ふっと冷たくなったので、萌絵は思わず背筋を正した。

「なんでわざわざライバルの点数をあげさせるようなことを、僕がするんだい？」

「そ、それは……私があんまりひどい出来だったから、同情して」

「悪いけど永倉さん。そんなことで同情するほど、僕だって甘くはないよ。この先のキャリアを考えても、コーディネーター試験は是が非でも合格したい」

萌絵は真顔になった。

忍の言葉はもっともだ。忍だって遊びで受けたわけではないのだ。合格すれば給料の額も違ってくるし、仕事の幅だってぐんと広がる。キャリアが約束されていた文化庁のエリートコースを外れてしまった忍だが、彼の才覚なら、今後もいくらでも活躍の場はあるはずだ。そのための切符なのだ。

「ご、ごめんなさい……。変なこと言って」

「僕も少し体鍛えないとな」

忍は表情を崩して、肩をすくめた。

「どうやら、いざというとき、ご婦人ひとりも担げないと、カメケンではコーディネーターにはなれないようだから」

「う……っ。いやみですか」

「いや。ただ、あのときの永倉さんは本当に男前だった」

忍は素直に讃《たた》えた。

「あんな鬼気迫る顔で人をレスキューするところを見たら、いやでも危機感が湧いたよ。ほんと永倉さんだけは敵に回したくないよ」

「それはこっちの台詞《せりふ》ですよ」

萌絵は心から思っている。自分の身が惜しければ、相良忍だけは敵に回してはいけないと常々思っている。

「次の試験がいつになるかはわからないけど、お互い正々堂々と戦おう」

「はい。望むところです」

最後はガッチリ握手をした。

同時に萌絵は思う。忍がコーディネーター試験に参戦してこなければ、もしかしたら自分は初心を忘れていたかもしれない。忍という、遥《はる》かにレベルの高いライバルがいてくれたからこそ、日々懸命に勉強しなければならないという気にもなった。危機感しかなかったから、こんなに必死にもなれたのだ。

そう思うと、忍にはやはり感謝しなければならない。

萌絵の動機には、正直、下心がある。無量のマネージャーになりたくて、彼と同じフィールドで自分も活躍したくて、その一心でコーディネーターになろうと決意した。

その念《おも》いを強く前進させるため、神様は忍をカメケンに送り込んでくれたのでは、とさえ思える。

強敵と書いて「とも」と読む。忍はそういう存在だ。

「ありがとう。相良さん」

忍には聞こえないように、その背中にそっと声をかけてみた。

萌絵は手にした評価表を見、無量の講評文を読み返してみた。忍が書かせたのではない。無量がこんなにあからさまに自分を評価したことなど、今まで一度もなかったことだ。

「ふふ……」

素直に嬉《うれ》しい。

今日から、また精進しなければ。

「よし。やるぞ」

萌絵は自分に気合いを入れるため、宙に向かって掌底打ちを放った。

＊

「引き分けだった？　うそだろ！」

帰宅した無量は、夕食の焼き餃子《ぎょうざ》を口に運びながら、目を剝《む》いた。

同居生活に戻った無量と忍は、小さなテーブルを挟んで、今夜も夕食を共にする。

今日の結果を知らせた忍に、無量は「それはありえない」と身を乗り出した。

「どっからどうみても、おまえの勝ちだったじゃん。だから、俺も……っ」

「俺も……、なに？」

無量は言い淀《よど》み、あさってのほうをみて、ごはんをかきこみはじめた。

忍は行儀良く味噌汁椀《みそしるわん》を手にとって、豆腐を箸《はし》でつまんだ。

「……まあ、でもあの時、永倉さんが機転を利かせて薬王院に引き返さなかったら、村尾さんは行方不明になってるところだった。そういうところに気づいたのは、やっぱり永倉さんのいいところだよ。俺には気づけなかった」

「そうだけどさ」

「それにああやって、ひとの心の機微に寄り添えるのは、やっぱり彼女のいいところだよ。本当は俺なんかより、遥かに向いてるのかも知れない」

「何に？　コーディネーターに？」

忍は微笑むだけで、何も言わない。

無量はまだ釈然としない様子で、焼き餃子を食べている。

「ったく、こんなことなら、もっと辛辣《しんらつ》に講評しとけばよかった」

「はは。ちなみにあの講評、永倉さんにも伝わってるから」

「うそマジ！」

無量は頭を抱えてしまった。

「本人に伝えるとわかっていたら、もっと徹底的に突き落としたのに」

「まあ、今回のテストは、半分はカメケンヒストリーツアーのテストだったし、所長も最初からそこまで重視するつもりじゃなかっただろうけど」

「てかさあ、別にいいじゃん。コーディネーターふたりでも。給料の増額分はふたりで折半すりゃいいわけだし」

「それは永倉さんが文句言う」

「合格できるだけマシ」

「競って切磋琢磨《せっさたくま》するのは大事なことだよ。国家試験みたいな傾向と対策に頼る試験勉強じゃ、たぶん意味がないんだろうから」

無量がふと箸を止めて、じっと忍を凝視した。

忍は驚いて、体を後ろに引いた。

「なに？」

「おまえさあ、本当にコーディネーターになるんだろ？　ずっとカメケンにいるんだろ？」

突然の問いかけに、忍は思わず真顔になってしまう。

無量には時々こういうところがある。前後もなく、核心をついてくるところが。

そんな時、忍は決まって目を伏せて微笑む。少しの気まずさと少しの憧《あこが》れをこめている。

「……………。俺はずっとカメケンにいたいと思っているよ」

「本当に？」

「本心だよ」

背後で忍のスマホがヴッと震えて、メールの着信を知らせる。忍は軽く目線をやっただけで、確認しようとはしなかった。

「それより次の派遣先は決まりそうなのか？」

「うん。たぶん」

「海外は勘弁してくれよ」

「できれば、この家から通えるところがいいけど」

無量はそう言って、味噌汁をすすった。

「次は穏やかな現場だといいな……」

「だね」

そういうと、ふたりはコルクボードに貼ってある写真の数々を見やった。

今まで派遣されてきた発掘現場で撮った写真だ。懐かしい顔ぶれが、こちらを見て笑っている。

その真ん中にはつい先日、萌絵と忍と無量、三人で撮った高尾山の写真がある。一番新しい。

これからも写真は増えていくことだろう。

そのときもまた、誰一人欠けることなく、写っていられるといい。

無量はそう思い、最後の餃子を口に放り込んだ。

主要参考文献

『企画展　恐竜時代のふくしま―化石が語るふくしまの古環境―』福島県立博物館
『企画展　わくわく！化石大集合―よみがえる３００万年前のふくしま―』福島県立博物館
『八王子城』八王子市郷土資料館
『八王子城―みる・きく・あるく―』峰岸純夫　椚國男 編　揺籃社

取材にご協力いただきました東京都埋蔵文化財センターの松崎元樹様に深く御礼申し上げます。

なお、作中の発掘方法や手順等につきましては実際の発掘調査と異なる場合がございます。また考証等内容に関するすべての文責は著者にございます。

執筆に際し、数々のご示唆をくださった皆様に心より感謝申し上げます。

初出
君の街の宝物　「小説屋sari-sari」二〇一七年一月号
フタバスズキリュウに会う日　文庫書き下ろし
夢で受けとめて　文庫書き下ろし
決戦はヒストリーツアーで　文庫書き下ろし

遺《い》跡《せき》発《はつ》掘《くつ》師《し》は笑《わら》わない

君《きみ》の街《まち》の宝物《たからもの》

桑《くわ》原《ばら》水《みず》菜《な》

平成30年 1月25日 初版発行
令和6年 10月30日 7版発行

発行者●山下直久

発行●株式会社KADOKAWA
〒102-8177 東京都千代田区富士見2-13-3
電話 0570-002-301(ナビダイヤル)

角川文庫 20747

印刷所●株式会社KADOKAWA
製本所●株式会社KADOKAWA

表紙画●和田三造

●お問い合わせ
https://www.kadokawa.co.jp/ (「お問い合わせ」へお進みください)
※内容によっては、お答えできない場合があります。
※サポートは日本国内のみとさせていただきます。
※Japanese text only

ISBN978-4-04-105268-6 C0193

◆◇◇

角川文庫発刊に際して

角　川　源　義

第二次世界大戦の敗北は、軍事力の敗北であった以上に、私たちの若い文化力の敗退であった。私たちの文化が戦争に対して如何に無力であり、単なるあだ花に過ぎなかったかを、私たちは身を以て体験し痛感した。西洋近代文化の摂取にとって、明治以後八十年の歳月は決して短かすぎたとは言えない。にもかかわらず、近代文化の伝統を確立し、自由な批判と柔軟な良識に富む文化層として自らを形成することに私たちは失敗して来た。そしてこれは、各層への文化の普及滲透を任務とする出版人の責任でもあった。

一九四五年以来、私たちは再び振出しに戻り、第一歩から踏み出すことを余儀なくされた。これは大きな不幸ではあるが、反面、これまでの混沌・未熟・歪曲の中にあった我が国の文化に秩序と確たる基礎を齎らすためには絶好の機会でもある。角川書店は、このような祖国の文化的危機にあたり、微力をも顧みず再建の礎石たるべき抱負と決意とをもって出発したが、ここに創立以来の念願を果すべく角川文庫を発刊する。これまで刊行されたあらゆる全集叢書文庫類の長所と短所とを検討し、古今東西の不朽の典籍を、良心的編集のもとに、廉価に、そして書架にふさわしい美本として、多くのひとびとに提供しようとする。しかし私たちは徒らに百科全書的な知識のジレッタントを作ることを目的とせず、あくまで祖国の文化に秩序と再建への道を示し、この文庫を角川書店の栄ある事業として、今後永久に継続発展せしめ、学芸と教養との殿堂として大成せんことを期したい。多くの読書子の愛情ある忠言と支持とによって、この希望と抱負とを完遂せしめられんことを願う。

一九四九年五月三日

遺跡発掘師は笑わない

ほうらいの海翡翠

桑原水菜

天才・西原無量の事件簿！

永倉萌絵《ながくらもえ》が転職した亀石《かめいし》発掘派遣事務所には、ひとりの天才がいた。西原無量《さいばらむりょう》、21歳。笑う鬼の顔に似た熱傷痕のある右手“鬼の手《オーガ・ハンド》”を持ち、次々と国宝級の遺物《レリック》を掘り当てる、若き発掘師《ディガー》だ。大学の発掘チームに請われ、萌絵を伴い奈良の上秦《かみはた》古墳へ赴いた無量は、緑色琥珀《りょくしょくこはく》“蓬莱《ほうらい》の海翡翠《うみひすい》”を発見。これを機に幼なじみの文化庁職員・相良忍《さがらしのぶ》とも再会する。ところが時を同じくして、現場責任者だった三村《みむら》教授が何者かに殺害され……。

角川文庫のキャラクター文芸

ISBN 978-4-04-102297-9

ISBN 978-4-04-104468-1

遺跡発掘師は笑わない

元寇船の眠る海

桑原水菜

今回の発掘現場は九州北部の海底遺跡！

長崎県鷹島《たかしま》沖の海底遺跡発掘チームに派遣された、天才発掘師《ディガー》・西原《さいばら》無量《むりょう》。蒙古襲来の際に沈んだ元寇船の調査が目的だ。腐れ縁コンビの広大《こうだい》や、水中発掘の第一人者・司波《しば》、一匹狼のトレジャーハンター・黒木《くろき》などチームは精鋭揃いで、沈船からは次々と遺物が発見される。そんな中、無量は美しい黄金の短剣を発掘し皆を驚かせる。だがそれは、決して目覚めさせてはいけない遺物だった——。文庫書き下ろし、遺跡発掘ミステリ第6弾！

角川文庫のキャラクター文芸

ISBN 978-4-04-105266-2

遺跡発掘師は笑わない

元寇船の紡ぐ夢

桑原水菜

元寇船の沈んだ海で黄金の剣が謎を呼ぶ

天才発掘師《ダイガー》・西原無量《さいばらむりょう》は鷹島《たかしま》沖の海底遺跡で黄金の剣を発見するが、何者かに奪われてしまう。同じ調査チームのダイバー・黒木《くろき》と共に犯人捜しをはじめるが、犯人とおぼしき男は死亡。その背後には、国際窃盗団コルドとその幹部バロン・モールの暗躍があるらしい。この剣は高麗《こうらい》の「忠烈王《チュンニョルワン》の剣」か、あるいは黒木家に伝わる家宝「アキバツの剣」か？　歴史に秘められた真実がまた一つ明らかになる！　文庫書き下ろし、シリーズ第7弾！

角川文庫のキャラクター文芸

ISBN 978-4-04-105858-9

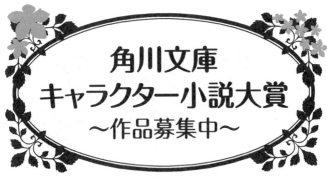